AF454152

SUPROTSTAVLJENE SNAGE

SUPROTSTAVLJENE SNAGE

ALDIVAN TORRES

aldivan teixeira torres

CONTENTS

CHAPTER 1

Suprotstavljene Snage

Aldivan Torres

SUPROTSTAVLJENE SNAGE

Autor: Aldivan Torres
Lektura: Aldivan Torres
Sva prava pridržana

Ova knjiga, uključujući sve njezine dijelove, zaštićena je autorskim pravima i ne može se reproducirati bez dopuštenja autora, preprodaje ili prijenosa.

Kratka biografija: Aldivan Torres, rođen u Brazilu, konsolidirani je pisac u različitim žanrovima. Do sada su naslovi objavljeni na desecima jezika. Od rane dobi oduvijek je bio ljubitelj umjetnosti pisanja, konsolidirajući profesionalnu karijeru iz druge polovice 2013. godine. Nada se da će svojim spisima doprinijeti međunarodnoj kulturi, budeći zadovoljstvo čitanja kod onih koji nemaju naviku. Vaša misija je osvojiti srce svakog od vaših čitatelja. Osim književnosti, glavne diverzije su mu glazba, putovanja, prijatelji, obitelj i zadovoljstvo samog života. "Za književnost, jednakost, bratstvo, pravdu, dostojanstvo i čast ljudskog bića uvijek" njegov je moto.

"Posvećenost"

"Prvo, Bogu, Stvoritelju za kojeg sve živi; učiteljima života koji su me uvijek vodili; mojim rođacima, iako me nisu ohrabrivali; svima onima koji još nisu uspjeli ujediniti "suprotstavljene snage" u svojim životima."

Kraljevstvo nebesko je poput čovjeka koji je posijao dobro sjeme na polju. Jedne noći, kada su svi spavali, njegov neprijatelj je došao i posijao među pšenicu i pobjegao. Kada je pšenica rasla, a uši su se počele formirati, tada se pojavio i korov. Zaposlenici su tražili vlasnika i rekli mu. "Gospodine, zar niste tako dobro sjeme u polju svoje? Odakle je onda došla tama?" Vlasnik je odgovorio: "Bio je neprijatelj koji je to učinio." Zaposlenici su pitali: "Hoćemo li izvaditi tava?" Vlasnik je odgovorio: "Nemojte. Može biti da nakon iskorjenjivanja korova dobijete i pšenicu. Neka raste zajedno do žetve. A u vrijeme žetve, reći ću sijačima: Počnite prvo s korovom i vežite ga u snopove koji će se spaliti. Onda skupi pšenicu u moju štalu." Matej 13:24"30.

Sažetak

Suprotstavljene Snage
Suprotstavljene Snage
"Posvećenost"
Uvod
Novo doba
Pripreme
Sveta planina
Koliba
Prvi izazov
Drugi izazov
Duh planine
Odlučujući dan
Mlada djevojka
Podrhtavanje
Dan prije posljednjeg izazova
Treći izazov
Špilja očaja
Čudo

Završna bitka
Kolaps postojećih struktura
Razgovor s bojnikom
Zbogom
Povratak
Kod kuće

Uvod

"Suprotstavljene snage" predstavljaju se kao alternativa prevladavanju velike dvojnosti koja postoji u svakome od nas. Koliko puta u životu smo suočeni sa situacijama u kojima obje alternative imaju povoljne i nepovoljne okolnosti i čin odabira jedne od njih postaje pravo mučeništvo. Moramo naučiti razmišljati i pažljivo razmišljati o tome koji je pravi put koji treba slijediti i posljedice tog izbora. Konačno, moramo okupiti "suprotstavljene sile" našeg života i učiniti ih plodom. Dakle, možemo postići toliko željenu sreću.

Što se tiče aspekta knjige, možemo reći da je nastala iz vapaja koji sam čuo u špilji očaja. Ovaj krik je bio uzrok svih avantura ispričanih u knjizi. Misija ostvarena; Nadam se da sam postigao svoj cilj, a to je da samo jedna osoba sanja. To je ono što predlažem još više sada jer živimo u svijetu punom nasilja, okrutnosti i nepravde. "Suprotstavljene snage" više nikada neće biti iste nakon objavljivanja i jedva čekam započeti novu avanturu zajedno s čitateljima koji to također namjeravaju učiniti.

Autor

Novo doba

Nakon neuspjelog pokušaja objavljivanja knjige, osjećam kako mi se snaga obnavlja i jača. Uostalom, vjerujem u svoj talent i vjerujem da ću ispuniti svoje snove. Naučio sam da se sve događa u svoje vrijeme i vjerujem da sam dovoljno zreo da ostvarim svoje ciljeve. Uvijek zapamtite: kada stvarno želimo nešto, svijet se urotio da se to dogodi. Tako se osjećam: obnovljena snagom. Gledajući unatrag, sjetim se djela koja sam tako davno pročitao, a koja su zasigurno obogatila moju kulturu i moje znanje. Knjige nas donose kroz atmosfere i svemire koji su nam nepoznati. Osjećam da moram biti dio ove povijesti, velike povijesti koja je književnost. Nije važno ostajem li anoniman ili postajem veliki autor koji je prepoznat širom svijeta. Ono što je važno je doprinos koji svatko daje ovom velikom svemiru.

Sretan sam zbog ovog novog stava i pripremam se za veliko putovanje. Ovo putovanje će promijeniti moju sudbinu i sudbine onih koji mogu strpljivo čitati ovu knjigu. Idemo zajedno u ovu avanturu.

Pripreme

Kofer pakiram sa svojim osobnim predmetima od iznimne važnosti: odjećom, dobrim knjigama, nerazdvojnim raspelom i Biblijom i papirom za pisanje. Osjećam da ću dobiti puno inspiracije na ovom putovanju. Tko zna, možda postanem autor nezaboravne priče koja odlazi u povijest. Međutim, prije nego što odem, moram se oprostiti od svih (osobito od svoje majke). Ona je previše zaštitnički nastrojena i neće me pustiti bez dobrog razloga ili barem s obećanjem da ću se uskoro vratiti. Osjećam da ću jednog dana morati plakati slobodu i letjeti kao ptica koja je stvorila svoja krila... i ona će to morati razumjeti jer ja ne pripadam njoj, nego svemiru koji me dočekao bez potrebe za bilo čime od mene zauzvrat. Za svemir sam odlučio postati pisac i ispuniti svoju ulogu i razviti svoj talent. Kada stignem na kraj puta i napravim nešto od sebe, bit ću spreman ući u zajedništvo s Stvoriteljem i naučiti novi plan. Siguran sam da ću i ja imati posebnu ulogu u tome.

Zgrabim kofer i s tim osjećam tjeskobu u sebi. Pitanja mi padaju na pamet i uznemiruju me: Kakav će biti ovaj put? Hoće li nepoznato biti opasno? Koje mjere opreza trebam poduzeti? Ono što znam je da će to biti provokativno za moju karijeru, i spreman sam to učiniti. (opet) uhvatim kofer i prije odlaska tražim svoju obitelj da se oprosti. Moja majka je u kuhinji i priprema ručak sa sestrom. Približim se i riješim ključno pitanje.

"Vidiš li ovu torbu? To će biti moj jedini suputnik (osim vas, čitatelja) na putovanju na koje sam spreman. Tražim mudrost, znanje i zadovoljstvo svoje profesije. Nadam se da oboje razumijete i odobravate odluku koju sam donio. Dođite; Zagrli me i poželi mi dobre želje.

"Sine moj, zaboravi svoje ciljeve jer su nemogući za siromašne ljude poput nas. Tisuću puta sam rekao: nećeš biti idol ili nešto slično. Shvatite: Niste rođeni da budete veliki čovjek", rekla je Julieta, moja majka.

"Slušaj našu majku. Zna o čemu priča i u pravu je. Tvoj san je nemoguć jer nemaš talenta. Prihvatite da je vaša misija samo biti jednostavan učitelj matematike. Nećeš ići dalje od toga", rekla je Dalva, moja sestra.

"Dakle, bez zagrljaja? Zašto ne vjerujete da mogu biti uspješan? Jamčim vam: Čak i ako platim da ostvarim svoj san, bit ću uspješan jer veliki čovjek je onaj koji vjeruje u sebe. Krenut ću na ovo putovanje i otkrit ću sve što se može otkriti. Nadalje, bit ću sretan jer se sreća sastoji od slijeđenja puta koji Bog prosvjetljuje svuda oko nas kako bismo postali pobjednici.

Rekavši to, upućujem se prema vratima sa sigurnošću da ću biti pobjednik na ovom putovanju: putovanju koje će me odvesti do nepoznatih odredišta.

Sveta planina

Davno sam čuo za izuzetno negostoljubivu planinu oko Pesqueira. Dio je planinskog lanca Ororubá (autohtono ime) u kojem prebivaju autohtoni stanovnici Xukuru. Kažu da je postalo sveto nakon smrti tajanstvenog iz jednog od plemena Xukuru. To može ostvariti svaku želju ako je namjera čista i iskrena. Ovo je polazište mog putovanja, čiji je cilj učiniti nemoguće mogućim. Vjerujete li, čitatelji? Onda ostanite sa mnom, obraćajući posebnu pozornost na priču.

Nakon autoceste BR"232, koja stiže do općine Pesqueira, oko 15 milja od centra, nalazi se Mimoso, jedan od njegovih okruga. Moderni most, nedavno izgrađen, omogućuje pristup mjestu koje se nalazi između planina Mimoso i Ororubá, okupano rijekom Mimozo koja teče do dna doline. Sveta planina je upravo u ovom trenutku i tu ja vozim.

Sveta planina nalazi se pored okruga i za kratko vrijeme sam ispod nje. Moj um luta svemirom i dalekim vremenom, zamišljajući nepoznate situacije i pojave. Što me čeka kad se popnem na ovu planinu? To će svakako biti oživljavanje i poticanje iskustava. Planina je kratkog rasta (2300 stopa (0,7 km).) i sa svakim korakom osjećam se samopouzdanije, ali i očekivano. Sjećanja mi padaju na pamet na intenzivna iskustva koja sam živio tijekom dvadeset i šest godina. U ovom kratkom razdoblju bilo je mnogo fantastičnih pojava zbog kojih sam vjerovao da sam poseban. Postupno mogu podijeliti ta sjećanja s vama, čitateljima, bez krivnje. Međutim, ovo nije vrijeme. Nastavit ću putem planine, tražeći sve svoje želje. Tome se nadam i po prvi put sam umorna. Proputovao sam pola rute. Ne osjećam fizičku iscrpljenost, već uglavnom mentalnu zbog čudnih glasova koji me traže da se vratim. Oni inzistiraju dosta. Međutim, ne odustajem lako. Želim doći do vrha planine za sve što vrijedi. Planina diše za mene zrakom promjene koji odiše onima koji vjeruju u njegovu svetost. Kad stignem tamo, mislim da ću točno znati što učiniti kako bih došao do puta koji će me voditi kroz ovo putovanje koje sam toliko dugo čekao. Čuvam svoju vjeru i svoje ciljeve jer imam Boga koji je Bog nemogućeg. Nastavimo hodati.

Već sam otišao tri četvrtine puta, ali ipak, jure me glasovi. Tko sam ja? Gdje ja idem? Zašto osjećam da će se moj život dramatično promijeniti nakon iskustva na planini? Osim glasova, čini se da sam sama na putu. Je li moguće da su i drugi pisci osjetili da ista stvar ide svetim putevima? Mislim da će moj misticizam biti za razliku od bilo kojeg drugog. Moram nastaviti; Moram prevladati i izdržati sve prepreke. Trnje koje ozljeđuje moje tijelo izuzetno je opasno za ljudska bića. Ako preživim ovaj uspon, već ću se smatrati pobjednikom.

Korak po korak, bliže sam vrhu. Ja sam već samo nekoliko metara od njega. Znoj koji teče niz moje tijelo čini se da je ugrađen sa svetim mirisima planine. Svratio sam na neko vrijeme. Hoće li moji voljeni biti zabrinuti? Pa, to sada stvarno nije važno. Moram misliti na sebe, da bih došao do vrha planine. Moja budućnost ovisi o tome. Još samo nekoliko koraka i stižem na vrh. Puše hladan vjetar, izmučeni glasovi zbunjuju moje razmišljanje i ne osjećam se dobro. Glasovi viču:

"Uspio je; bit će nagrađen! "Je li on uopće dostojan? " Kako se uspio popeti na cijelu planinu? Zbunjen sam i vrti mi se u glavi; Mislim da nisam dobro.

Ptice plaču, a zrake sunca miluju moje lice u cijelosti. Gdje sam? Osjećam se kao da sam se napio dan prije. Pokušavam ustati, ali ruka me sprječava. Nadalje, vidim da je uz mene sredovječna žena, s crvenom kosom i preplanulom kožom.

"Tko si ti? Što mi se dogodilo? Cijelo tijelo me boli. Moj um se osjeća zbunjeno i nejasno. Je li biti na vrhu planine uzrok svega ovoga? Mislim da sam trebao ostati u svojoj kući. Moji snovi su me potaknuli do ovog trenutka. Polako sam se penjao na planinu, pun nade za bolju budućnost i neki smjer prema osobnom rastu. Međutim, praktički se ne mogu pomaknuti. Objasni mi sve ovo, preklinjem te.

"Ja sam čuvar planine. Ja sam duh Zemlje koji puše do sada i tamo. Poslali su me ovdje jer si pobijedio u izazovu. Želiš li ostvariti svoje snove? Pomoći ću ti da to učiniš, dijete Božje! Još uvijek imate mnogo izazova s kojima se morate suočiti. Ja ću vas pripremiti. Ne bojte se. Vaš Bog je s vama. Odmorite se malo. Vratit ću se s hranom i vodom da zadovoljim tvoje potrebe. U međuvremenu, opustite se i meditirajte kao i uvijek.

Rekavši to, dama je nestala iz moje vizije. Ova uznemirujuća slika ostavila me više uznemirenim i punijim sumnji. Koje bih izazove morao pobijediti? Od kojih su se koraka sastojali ti izazovi? Vrh planine bio je zaista vrlo sjajno i mirno mjesto. S visine se mogla vidjeti mala aglomeracija kuća u Mimozu. To je plato ispunjen strmim stazama punim vegetacije sa svih strana. Ovo sveto mjesto, netaknuto prirodom, bi li stvarno ostvarilo moje planove? Da li bi me to učinilo piscem po mom odlasku? Samo je vrijeme moglo odgovoriti na ova pitanja. Budući da je ženi trebalo neko vrijeme, počeo sam meditirati na vrhu planine. Koristio sam sljedeću tehniku: Prvo, očistim svoj um (bez ikakvih misli). Počinjem dolaziti u sklad s prirodom oko sebe, mentalno razmišljajući o cijelom mjestu. Odatle počinjem shvaćati da sam dio prirode i da smo u potpunosti povezani u velikom ritualu zajedništva. Moja šutnja je tišina Majke Prirode; moj krik je također njezin vapaj; Postupno počinjem osjećati njezine želje i težnje i obrnuto. Osjećam njezin uznemireni vapaj za pomoć u molbi da joj se život spasi od ljudskog uništenja: krčenje šuma, prekomjerno rudarstvo, lov i ribolov, emisija onečišćujućih plinova u atmosferu i drugi ljudski zločini. Isto tako, sluša me i podržava u svim mojim planovima. Potpuno smo isprepleteni tijekom moje meditacije. Sva harmonija i suučesništvo ostavili su me potpuno tihim i koncentriranim na moje želje. Dok se nešto nije promijenilo: osjetio sam isti dodir koji me jednom probudio. Polako sam otvorio oči i vidio da sam licem u lice s istom ženom koja se nazivala čuvarom svete planine.

"Vidim da razumijete tajnu meditacije. Planina vam je pomogla da otkrijete malo svog potencijala. Narast ćeš na mnogo načina. Pomoći ću vam tijekom ovog procesa. Prvo, molim vas da se okrenete prirodi kako biste pronašli grede, letvice, rekvizite i linije za podizanje kolibe, a zatim drva za ogrjev kako biste napravili lomaču. Noć se već približava i morate se zaštititi od divljih zvijeri. Počevši od sutra, naučit ću vas mudrosti šume kako biste prevladali pravi izazov: špilju očaja. Samo čisto srce preživi vatru svoje analize. Želiš li ostvariti svoje snove? Onda plati cijenu za njih. Svemir ne daje ništa besplatno nikome. Mi smo ti koji moramo postati dostojni da postignemo uspjeh. Ovo je lekcija koju moraš naučiti, sine.

"Razumijem. Nadam se da ću naučiti sve što mi je potrebno da prevladam izazov pećine. Nemam pojma što je to, ali sam samouvjeren. Da sam svladao planinu, uspio bih i u pećini. Kada odem, mislim da ću biti spreman pobijediti i imati uspjeha.

"Čekaj, nemoj biti tako samouvjeren. Ne znaš o kojoj pećini govorim. Znajte da je mnogim ratnicima već suđeno u požaru i da su uništeni. Pećina ne pokazuje sažaljenje nikome, čak ni sanjarima. Imajte strpljenja i naučite sve što ću vas naučiti. Tako ćete postati pravi pobjednik. Zapamtite: Samopouzdanje pomaže, ali samo s pravom količinom.

"Razumijem. Hvala vam na svim savjetima. Obećavam ti da ću ga slijediti do kraja. Kad me očaj sumnje šiba, podsjetit ću se na tvoje riječi i podsjetiti se da će me moj Bog uvijek spasiti. Kada ne bude bijega u mračnoj noći duše, neću se bojati. Pobijedit ću pećinu očaja, pećinu kojoj nitko nikada nije pobjegao!

Žena se oprostila prijateljski obećavajući povratak neki drugi dan.

Koliba

Pojavit će se novi dan. Ptice zvižde i pjevaju svoje melodije, vjetar je sjeveroistočni, a njegov povjetarac osvježava sunce koje se u ovo doba godine diže žestoko vruće. Trenutno je prosinac i za mene ovaj mjesec predstavlja jedan od najljepših mjeseci jer je početak školskog odmora. To je zasluženi odmor nakon duge godine posvećene studiju na fakultetskom studiju matematike; Trenutak kada možete zaboraviti sve integrale, derivate i polarne koordinate. Sada se moram brinuti o svim izazovima koje će mi život priredити. Moji snovi ovise o tome. Bole me leđa zbog loše noći sna koja leži na pretučenoj zemlji koju sam pripremio kao krevet. Koliba koju sam izgradio s nevjerojatnim naporom i vatra koju sam zapalio dali su mi određenu količinu sigurnosti noću. Međutim, čuo sam zavijanje i korake izvan njega. Gdje su me moji snovi odveli? Odgovor je na kraj svijeta, gdje civilizacija još nije stigla. Što biste vi učinili, čitatelju? Biste li također riskirali putovanje kako biste ostvarili svoje najdublje snove? Nastavimo priču.

Umotana u moje misli i pitanja, malo sam shvatila da je, uz mene, bila čudna dama koja mi je obećala pomoći na putu.

"Jesi li dobro spavao?

"Ako dobro znači da sam još uvijek cijeli, da.

"Prije svega, moram vas upozoriti da je zemlja koju gazite sveta. Stoga, nemojte biti obmanuti izgledom ili impulzivnošću. Danas je tvoj prvi izazov. Neću vam donijeti više hrane ili vode. Pronaći ćete ih na svom računu. Slijedite svoje srce u svim situacijama. Morate dokazati da ste dostojni.

"U ovoj podmetač ima hrane i vode i trebao bih je skupiti? Navikla sam kupovati u supermarketu. Vidite ovu kabinu? To me koštalo znoja i suza i još uvijek, nisam uvjeren da je sigurno. Zašto mi ne daš dar koji mi treba? Mislim da sam se dokazao dostojnim onog trenutka kad sam se popeo na strmu planinu.

"Lov na hranu i vodu. Planina je samo korak u procesu vašeg duhovnog poboljšanja. Još uvijek niste spremni. Moram vas podsjetiti da ne dajem darove. Nemam moć za to. Nadalje, ja sam samo strijela koja označava put. Pećina je ta koja ispunjava tvoje želje. Naziva se špilja očaja, koju traže oni čiji su snovi u međuvremenu postali nemogući.

"Pokušat ću. Nemam što drugo izgubiti. Pećina je moja posljednja nada za uspjeh.

Rekavši ovo, ustajem i započinjem prvi izazov. Žena je nestala kao dim.

Prvi izazov

Na prvi pogled vidim da je ispred mene utabana staza. Počinjem hodati niz njega. Umjesto podmetanja punog trnja, najbolje bi bilo slijediti stazu. Kamenje koje su moji koraci odnijeli čini se da mi nešto govori. Je li moguće da sam na pravom putu? Razmišljam o svemu što sam ostavio u potrazi za svojim snom: dom, hrana, čista odjeća i moje matematičke knjige. Je li ovo vrijedno toga? Mislim da ću saznati. (Vrijeme će pokazati). Čini se da mi nepoznata žena nije sve rekla. Što sam više hodao, manje sam pronalazio. Vrh nije bio tako opsežan sada kada sam stigao. Svjetlo... Vidim svjetlo ispred sebe. Moram ići tamo. Nadalje, dolazim do prostrane čistine gdje sunčeve zrake jasno odražavaju izgled planine. Trag dolazi do kraja i ponovno se rađa na dva različita puta. Što da radim? Hodam satima, i čini se da mi je snaga iscrpljena. Sjednem na trenutak da se odmorim. Dva puta i dva izbora. Koliko puta u životu smo suočeni s ovakvim situacijama; Poduzetnik koji mora birati između opstanka tvrtke ili prestanka rada nekih zaposlenika; Jadna majka zaleđa u sjeveroistočnom dijelu Brazila, koja mora odabrati koje će od svoje djece hraniti; Nevjerni muž koji mora birati između svoje žene i ljubavnice; U svakom slučaju, postoje mnoge situacije u životu. Moja prednost je što će moj izbor utjecati samo na mene. Moram slijediti svoju intuiciju, kao što je žena preporučila.

Ustanem i odaberem put na desnoj strani. Nadalje, činim velike korake na tom putu, i ne treba mi dugo da vidim još jedno čišćenje. Ovaj put susrećem bazen s vodom i neke životinje oko njega. Hlade se u bistroj i prozirnoj vodi. Kako da nastavim? Konačno sam našao vodu, ali je puna životinja. Savjetujem se sa srcem, i to mi govori da svatko ima pravo na vodu. Nadalje, nisam ih mogao samo upucati i lišiti ih toga. Priroda daje obilje resursa za opstanak svog naroda. Ja sam samo jedna od niti na internetu koju tka. Nisam superiorniji od točke da se smatram Gospodarom toga. Rukama posežem u vodu i sipam je u malu posudu koju sam donijela od kuće. Prvi dio izazova je ispunjen. Sada moram naći hranu.

Nastavljam hodati, stazom, nadajući se da ću naći nešto za jelo. Želudac mi reži jer je već prošlo podne. Počinjem gledati sa strane staze. Možda je hrana u šumi. Koliko često tražimo najlakši put, ali nije onaj koji vodi do uspjeha? (Nije svaki penjač koji slijedi stazu prvi koji je stigao do vrha planine). Prečaci vas brzo vode do cilja. S tom mišlju ostavljam trag i ubrzo nakon toga pronalazim bananu i kokosovo drvo. Od njih ću dobiti hranu. Moram se popeti na njih s istom snagom i vjerom na koju sam se popeo na planinu. Pokušavam jedan, dva, tri puta. Nadalje, uspijevam. Sada ću se vratiti u kolibu jer sam završio prvi izazov.

Drugi izazov

Dolazeći u moju kolibu, nalazim čuvara planine koji izgleda briljantnije nego ikad. Njene oči nikad ne odlutaju od mojih. Mislim da sam izuzetan Bogu. Uvijek osjećam njegovu prisutnost. Oživljava me u svakom pogledu. Kad sam bio nezaposlen, otvorio je vrata. kada nisam imao prilike profesionalno rasti, dao mi je nove putove; kada me je u kriznim vremenima oslobodio od đavla veza. U svakom slučaju, taj pogled odobravanja od nepoznate žene podsjetio me na čovjeka kojeg sam donedavno radio. Moj trenutni cilj bio je pobijediti, bez obzira na prepreke koje sam morao prevladati.

"Dakle, pobijedili ste u prvom izazovu. Čestitam vam. (Uzviknuo je žena). Prvi izazov imao je istražiti vašu mudrost i sposobnost donošenja odluka i dijeljenja. Dva puta predstavljaju "suprotstavljene sile" koje vladaju svemirom (dobro i zlo). Ljudsko biće je potpuno slobodno izabrati bilo koji put. Ako netko odabere put s desne strane, bit će osvijetljen zahvaljujući anđelima u svim trenucima svog života. To je bio put koji si izabrao. Međutim, to nije lak put. Često će vas sumnje napasti i pitat ćete se je li se taj put uopće isplatio. Ljudi svijeta će uvijek biti povrijeđeni i iskoristiti tvoju dobru volju. Štoviše, povjerenje koje ste stavili u druge gotovo uvijek će vas razočarati. Kada se uzrujate, sjetite se: Vaš Bog je jak i nikada vas neće napustiti. Nikad ne dopusti da ti bogatstvo ili požuda izopače srce. Vi ste posebni i zbog svoje vrijednosti Bog vas smatra svojim sinom. Nikad ne padaj iz ove milosti. Put s lijeve strane pripada svima koji su se pobunili na Gospodinov poziv. Svi smo rođeni s božanskom misijom. Međutim, neki od toga odstupaju materijalizmom, lošim utjecajima, korupcijom srca. Oni koji izaberu put s lijeve strane ne završe s ugodnom budućnošću, podučio nas je Isus. Svako drvo koje ne daje dobro voće bit će iskorijenjeno i bačeno u vanjsku tamu. To je sudbina loših ljudi jer je Gospodin pošten. Tada kada ste pronašli rupu u vodi i te jadne životinje, vaše srce je govorilo glasnije. Slušaj to uvijek i daleko ćeš dogurati. Dar dijeljenja zasjao je na vama u tom trenutku i vaš duhovni rast bio je iznenađujući. Mudrost koju ste pomogli pronaći hranu. Najlakši put nije uvijek pravi za slijediti. Mislim da si sada spreman za drugi izazov. Za tri dana izaći ćeš iz svoje kolibe i tražiti činjenicu. Ponašaj se po svojoj savjesti. Ako prođete, prijeći ćete na treći i posljednji izazov.

"Hvala vam što ste me pratili sve ovo vrijeme. Ne znam što me čeka u pećini, niti znam što će biti sa mnom. Vaš doprinos je presudan za mene. Otkad sam se popeo na planinu, osjećam da mi se život promijenio. Mirniji sam i sigurniji u ono što želim. Završit ću drugi izazov.

"Vrlo dobro. Vidimo se za tri dana.

Rekavši to, dama je još jednom nestala. Ostavila me samu u tišini večeri zajedno s cvrčcima, komarcima i drugim insektima.

Duh planine

Noć pada preko planine. Zapalim vatru i njen pucketanje smiruje moje srce. Prošla su dva dana otkako sam se popeo na planinu, i još uvijek mi se čini kao stranac. Moje misli lutaju i sliježu u mom djetinjstvu: šale, strahovi, tragedije. Dobro se sjećam dana kad sam se obukao kao Indijanac: s lukom, strijelom . Sada sam bio na svetoj planini, upravo zbog smrti tajanstvenog domorodačkog čovjeka (medicinar plemena). Moram smisliti nešto drugo, jer strah mi smrzava dušu. Zaglušujući zvukovi okružuju moju kolibu, a ja nemam pojma što ili tko su oni. Kako netko nadvladati njegov strah u ovakvoj prilici? Odgovori mi, čitatelju jer ne znam. Planina mi je još uvijek nepoznata.

Buka se sve više približava, a ja nemam kamo pobjeći. Napuštanje kolibe bi bilo glupo jer bi me mogle progutati divlje zvijeri. Morat ću se suočiti s onim što jest. Buka prestaje i pojavljuje se svjetlo. To me još više plaši. S navalom hrabrosti, uzvikujem:

"Za Boga, tko je tamo?

Glas, odgovara:

"Ja sam hrabri ratnik kojeg je špilja očaja uništila. Odustani od svog sna, ili ćeš imati istu sudbinu. Bio sam mali, domorodac iz sela unutar Xukuru nacije. Težio sam biti poglavica svog plemena i biti jači od lava. Pogledao sam u svetu planinu da ostvarim svoje ciljeve. Pobijedio sam u tri izazova koja mi je čuvar planine nametnuo. Međutim, po ulasku u špilju progutala me njezina vatra, koja mi je slomila srce i ciljeve. Danas moj duh pati i beznadno je zapeo za ovu planinu. Slušaj me, ili ćeš imati istu sudbinu.

Glas mi se smrznuo u grlu i na trenutak nisam mogao odgovoriti na izmučeni duh. Iza sebe je ostavio sklonište, hranu, toplo obiteljsko okruženje. Ostala su mi dva izazova u pećini, pećina koja je mogla ostvariti nemoguće. Ne bih lako odustao od svog sna.

"Slušaj me, hrabri ratniku. Pećina ne čini sitna čuda. Ako sam ovdje, to je iz plemenitog razloga. Ne predviđam materijalna dobra. Moj san nadilazi to. Želio bih se razvijati profesionalno i duhovno. Ukratko, želim raditi ono u čemu uživam, odgovorno zarađivati novac i svojim talentom doprinijeti boljem svemiru. Ne odustajem od svog sna tako lako.

Duh je odgovorio:

"Znate pećinu i njene zamke? Vi ste samo siromašan mladić koji nije svjestan ekstremne opasnosti na putu koji slijedi. Čuvar je šarlatan koji vas obmanjuje. Želi te uništiti.

Inzistiranje duha me živciralo. Je li me slučajno poznavao? Bog, u svojoj milosti, ne bi dopustio moj neuspjeh. Bog i Djevica Marija uvijek su bili uz mene. Dokaz tome bila su različita ukazanja Djevice tijekom mog života. U "Viziji medija" (knjizi koju još nisam objavio) opisana je scena u kojoj sjedim na klupi na trgu, ptice i vjetar me uznemiruju, a duboko sam razmišljao o svijetu i životu općenito. Odjednom se pojavio lik žene koja me, vidjevši me, raspitivala:

"Vjeruješ li u Boga, sine moj?

Odmah sam odgovorio:

"Svakako, i svim svojim bićem.

Odmah mi je stavila ruku na glavu i molila se:

"Neka vas Bog slave prekrije svjetlom i podari vam mnogo darova.

Rekavši to, ona je otišla, a kad sam shvatio, ona više nije bila uz mene. Jednostavno je nestala.

To je bilo prvo ukazanje Djevice u mom životu. Opet, zadebljanje se kao prosjak, prišla mi je tražeći promjenu. Rekla je da je farmer i da još nije u mirovini. Spremno, dao sam joj neke kovanice koje sam imao u džepu. Nakon što je primila novac, zahvalila mi se i kad sam shvatio, nestala je. Na planini, u tom trenutku, nisam ni najmanje sumnjao da me Bog voli i da je uz mene. Stoga sam na duha odgovorio s određenom grubošću.

"Neću slušati tvoj savjet. Znam svoje granice i svoju vjeru. Odlazi! Idi proganjati kuću ili nešto. Ostavi me na miru!

Svjetla su se ugasila i čuo sam buku stepenica kako napuštaju kolibu. Bio sam slobodan od duha.

Odlučujući dan

Prošla su tri dana od drugog izazova. Bio je petak ujutro, vedro, sunčano i vedro. Razmišljao sam o horizontu jutros kada je nepoznata žena prišla.

"Jeste li spremni? Potražite neobičan događaj u šumi i djelujte prema svojim načelima. Ovo ti je drugi test.

"U redu, tri dana čekam ovaj trenutak. Mislim da sam spreman.

Užurbano, idem do najbliže staze koja daje pristup šumi. Moji koraci su slijedili u gotovo glazbenoj kadenci. Kakav je to bio drugi izazov? Anksioznost me obuzela, a moji koraci ubrzali su potragu za nepoznatim ciljem. Ispred je nastala čistina na stazi gdje se razišla i odvojila. Ali kad sam stigao tamo, na moje iznenađenje, bifurkacija je nestala, a ja sam umjesto toga gledao sljedeću scenu: dječak, kojeg je vukla odrasla osoba, plakao je naglas. Emocije su preuzele kontrolu nad mnom u prisutnosti nepravde i zato sam uzviknuo:

"Pustite dječaka! Manji je od tebe i ne može ga braniti.

"Neću! Tako se ponašam prema njemu jer želi izbjeći rad.

"Ti čudovište! Dječaci ne bi trebali raditi. Trebali bi učiti i biti dobro obrazovani. Pustite ga!

"Tko će me natjerati, ti?

Potpuno sam protiv nasilja, ali u ovom trenutku srce me zamolilo da reagiram prije ovog smeća. Dijete treba pustiti.

Nježno, odgurnuo sam dječaka od grubijana i onda počeo tući čovjeka. Gad je reagirao i zadao mi nekoliko udaraca. Jedan od njih me pogodio. Svijet se okrenuo i jak, prodrli vjetar napao je cijelo moje biće: bijeli i plavi oblaci zajedno s brzim pticama napali su moj um. U trenutku, činilo se kao da mi cijelo tijelo lebdi nebom. Slab glas me nazvao izdaleka. U drugom trenutku, kao da prolazim kroz vrata, jedan za drugim kao prepreke. Vrata su bila dobro zaključana i trebalo je dosta truda da ih se otvori. Svaka vrata su naizmjence pristupala salonima ili svetištima. U prvom salonu našao sam mlade ljude odjevene u bijelo, okupljene oko stola, na kojem je, u sredini, bila otvorena Biblija. To su bile djevice izabrane da vladaju u budućem svijetu. Sila me izgurala iz sobe i kad sam otvorila druga vrata, završila sam u prvom utočištu. Na rubu oltara spaljivali su se štapići tamjana sa zahtjevima brazilskih siromaha. S desne strane, svećenik je glasno molio i odjednom počeo ponavljati: Proroka! Prorok! Prorok! Pored njega su bile dvije žene s bijelim košuljama. Na njima je napisan: Mogući san. Sve je počelo potamniti, a kad sam se snašao, nasilno su me izvukli van i takvom brzinom da mi se malo zavrtjelo u glavi. Otvorio sam treća vrata i ovaj put pronašao susret ljudi: pastora, svećenika, budista, muslimana, spiritualista, Židova i predstavnika afričkih religija. Bili su raspoređeni u krug i u središtu je bio požar, a njegov plamen ocrtavao je ime" Jedinstvo naroda i puteva k Bogu". Na kraju su me zagrlili i pozvali u grupu. Vatra se preselila iz centra, sletjela na moju ruku i nacrtala riječ "naukovanje". Vatra je bila čisto svjetlo i nije gorjela. Grupa se raspala, vatra se ugasila, i opet su me izgurali iz sobe gdje sam otvorio četvrta vrata. Drugo utočište je bilo prazno, a ja sam se približio oltaru. Kleknuo sam u pobožnosti prema Presvetom Sakramentu, uzeo papir koji je bio na podu i napisao svoj zahtjev. Složio sam papir i stavio ga pod noge slike. Glas koji je bio daleko postupno je postajao jasniji i oštriji. Napustio sam utočište, otvorio vrata i konačno se probudio. Uz mene je bio čuvar planine.

"Dakle, vi ste budni. Čestitam! Pobijedio si u izazovu. Drugi izazov imao je za cilj istražiti vašu sposobnost sebe i djelovanja. Dva puta koja su predstavljala "Suprotstavljene snage" postala su jedno, a to znači da morate putovati desnom stranom ne zaboravljajući znanje koje ćete imati nakon susreta s ljevicom. Tvoj stav je spasio dijete, iako mu nije trebalo. Cijela ta scena je bila moja mentalna projekcija da te procijenim. Dobro si pristupio. Većina ljudi kada se suoči s prizorima nepravde radije se ne miješaju. Propust je ozbiljan grijeh, a osoba postaje suučesnik počinitelja. Dao si od sebe, kao što je Isus Krist učinio za nas. Ovo je lekcija koju ćeš ponijeti sa svih sebe cijeli život.

"Hvala vam što ste mi čestitali. Uvijek bih djelovao u korist onih koji su isključeni. Ono što me zbunjuje je duhovno iskustvo koje sam imao ranije. Što to znači? Možete li mi objasniti, molim vas?

"Svi imamo sposobnost prodrijeti u druge svjetove kroz misao. To se zove astralno putovanje. Postoje neki stručnjaci koji se odnose na ovo pitanje. Ono što ste vidjeli mora biti povezano s budućnošću vaše ili druge osobe, nikad se ne zna.

"Razumijem. Popeo sam se na planinu, završio prva dva izazova i sigurno duhovno rastem. Mislim da ću uskoro biti spreman suočiti se s pećinom očaja. Pećina koja čini čuda i čini snove dubljima.

"Morate izvesti treću, a ja ću vam reći što je sutra. Čekajte upute.

"Da, generale. Čekat ću nestrpljivo. Ovo Božje dijete, kako ste me zvali, je izgladnjelo i pripremit će juhu za kasnije. Pozvani ste, gospođo.

"Predivno. Volim juhu. Iskoristit ću ovo u svoju korist da te bolje upoznam.

Čudna dama je otišla i ostavila me samu sa svojim mislima. Otišao sam u šumu tražiti sastojke za juhu.

Mlada djevojka

Planina je već postala mračna kad je juha bila spremna. Hladan vjetar noći i buka insekata čine okoliš sve ruralnim. Nepoznata dama još nije došla u kolibu. Nadam se da ću imati sve u redu dok stigne. Kušam juhu: Stvarno je bilo dobro, iako nisam imao sve potrebne začine. Nadalje, malo izađem iz kolibe i razmišljam o nebesima: Zvijezde su svjedoci mojih napora. Popeo sam se na planinu, pronašao njenog čuvara, završio dva izazova (jedan teži od drugog), upoznao duha i još uvijek stojim. "Siromašni više teže svojim snovima." Gledam raspored zvijezda i njihovu svjetlost. Svaki od njih ima svoju važnost u velikom svemiru u kojem živimo. Ljudi su također važni na isti način. Oni su bijeli, crni, bogati, siromašni, religije A, ili religije B ili bilo kojeg sustava vjerovanja. Svi su oni djeca s istim ocem. Također želim zauzeti svoje mjesto u ovom svemiru. Ja sam biće koje razmišlja bez granica. Nadalje, mislim da je san neprocjenjiv, ali spreman sam platiti da uđe u špilju očaja. Još jednom razmišljam o nebesima i onda se vraćam u kolibu. Nisam bio iznenađen što sam tamo našao čuvara.

"Jeste li dugo ovdje? Nisam znao.

»Bili ste toliko koncentrirani u razmišljanju o nebesima da nisam želio prekinuti čaroliju trenutka. Osim toga, osjećam se kao kod kuće.

"Izvrsno. Sjednite na ovu improviziranu klupu koju sam napravio. Poslužit ću juhu.

S još vrućom juhom, poslužio sam nepoznatu damu u tikve koju sam pronašao u šumi. Vjetar mi je noću milovao lice i šaputao mi riječi u uho. Tko je bila ona čudna dama koju sam služio? Pitam se je li me stvarno htjela uništiti, kao što je duh nagovijestio. Imao sam mnogo sumnji u nju, i ovo je bila sjajna prilika da ih očistim.

"Je li juha dobra? Pripremio sam ga s velikom pažnjom.

"To je predivno! Što ste koristili da ga pripremite?

"Napravljena je od kamenja. Samo se šalim! Kupio sam pticu od lovca i koristio prirodne začine iz šume. Ali, mijenjajući temu, tko si ti zapravo?

"To pokazuje dobro gostoprimstvo za domaćina da prvo govori o sebi. Prošla su četiri dana otkako si došao ovdje na vrh planine, a nisam ni siguran kako se zoveš.

"Vrlo dobro. Ali to je duga priča. Pripremite se. Moje ime je Aldivan Teixeira Tôrres i predajem matematiku na fakultetu. Moje dvije velike strasti su književnost i matematika. Oduvijek sam bio ljubitelj knjiga, a otkad sam bio minimalan, želio sam napisati jednu od svojih. Kad sam bio na prvoj godini srednje škole, prikupio sam neke izvatke iz knjiga Propovjednika, mudrosti i poslovica. Bio sam zadovoljan, unatoč tome što tekstovi nisu moji. Pokazao sam svima, s velikim ponosom. Nadalje, završio sam srednju školu, išao na tečaj računala i prestao učiti neko vrijeme. Nakon toga, pokušao sam tehnički tečaj na lokalnom koledžu. Međutim, shvatio sam da to nije moje polje znakom sudbine. Bio sam spreman za stažiranje u ovom području. Međutim, dan prije testa, čudna sila je neprestano zahtijevala da odustanem. Što je više vremena prolazilo, to sam više pritiska osjećao od ove sile dok nisam odlučio da neću polagati test. Pritisak je splasnuo, a i srce mi je bilo smireno. Mislim da me sudbina natjerala da ne odem. Moramo poštovati naše granice. Odradio sam nekoliko natječaja, bio odobren i trenutno obnašam ulogu administrativnog pomoćnika za obrazovanje. Prije tri godine, dobio sam još jedan znak sudbine. Imao sam nekih problema i na kraju sam doživio živčani slom. Tada sam počeo pisati, a za kratko vrijeme to mi je pomoglo da se poboljšam. Rezultat je bila knjiga "Vizija medija" koju još nisam objavio. Sve mi je to pokazalo da mogu pisati i imati dostojanstvenu profesiju. To je ono što mislim: želim raditi ono što volim i želim biti sretna. Je li to previše za siromašnu osobu?

"Naravno da ne, Aldivan. Imaš talenta, a to je rijetkost na ovom svijetu. U pravo vrijeme, uspjet ćeš. Pobjednici su oni koji vjeruju u svoje snove.

"Vjerujem. Zato sam ovdje usred ničega, gdje civilizacijska roba još nije stigla. Našao sam način da se popnem na planinu, da prevladam izazove. Sve što mi je ostalo je da uđem u pećinu i ispunim svoje snove.

"Ovdje sam da vam pomognem. Čuvar sam planine otkad je postala sveta. Moja misija je pomoći svim sanjarima koji traže pećinu očaja. Neki nastoje ostvariti materijalne snove kao što su novac, moć, društvena razmetljivost ili drugi sebični snovi. Svi su do sada podbacili, a nije ih bilo malo. Špilja je poštena sa svojim željama.

Razgovor se nastavio živahno neko vrijeme. Postupno sam gubio zanimanje za to dok me čudni glas zvao iz kolibe. Svaki put kad me taj glas nazvao, osjećao sam se primoran izaći iz znatiželje. Morao sam ići. Htjela sam znati što taj čudan glas u mojim mislima znači. Nježno sam se oprostio od žene i krenuo u smjeru označenom glasom. Što me čeka? Nastavimo zajedno, čitatelju.

Noć je bila hladna, a uporni glas ostao mi je u mislima. Postojala je neka vrsta čudne veze između nas. Već sam hodao nekoliko metara izvan kolibe, ali činilo se da je miljama daleko od umora koji je moje tijelo osjećalo. Upute koje sam mentalno primio vodile su me u tami. Mješavina umora, straha od nepoznatog i znatiželje me kontrolirala. Čiji je to čudan glas bio? Što je htjela od mene? Planina i njene tajne... Otkad sam upoznao planinu, naučio sam je poštovati. Čuvar i njezine tajne, izazovi s kojima sam se morao suočiti, susret s duhom; Sve je postalo posebno. Nije bio najviši na sjeveroistoku ili čak najimpresivniji, ali je bio svet. Mitovi o medicinaru i moji snovi su me doveli do toga. Želim pobijediti u svim izazovima, ući u pećinu i podnijeti zahtjev. Bit ću drugi čovjek. Nadalje, više neću biti samo ja, već ću biti čovjek koji je prevladao špilju i njezinu vatru. Dobro se sjećam riječi čuvara, da ne vjerujem previše. Sjećam se Isusovih riječi koje su rekle:

" Onaj koji je vjerovao u mene imat će vječni život.

Zbog rizika neću odustati od svojih snova. S tom mišlju sam sve vjerniji. Glas postaje jači i jači. Mislim da stižem na odredište. Ispred vidim kolibu. Glas mi govori da idem tamo.

Koliba i njezina osvjetljavajuća lomača nalaze se na prostranom, ravnom mjestu. Mlada, visoka, mršava djevojka tamne kose peče vrstu grickalice na vatri.

"Dakle, stigli ste. Znao sam da ćeš se javiti na moj poziv.

"Tko si ti? Što hoćeš od mene?

"Ja sam još jedan sanjar koji želi ući u špilju.

"Koje posebne moći mi moraš dočarati svojim umom?

"To je telepatija, blesavo. Zar niste upoznati s tim?

"Čuo sam za to. Možete li me naučiti?

"Naučit ćeš jednog dana, ali ne od mene. Reci mi koji te san dovodi ovdje?

"Prije svega, moje ime je Aldivan. Popeo sam se na planinu u nadi da ću pronaći svoje suprotstavljene snage. Oni će definirati moju sudbinu. Kada netko može kontrolirati svoje suprotstavljene snage, moći će činiti čuda. To je ono što mi je potrebno da ostvarim svoj san o radu u području u kojem uživam, i time ću mnoge duše sanjati. Želim ući u pećinu ne samo zbog sebe, već i zbog cijelog svemira koji mi je dao ove darove. Imat ću svoje mjesto u svijetu i tako ću biti sretan.

"Moje ime je Nadja. Ja sam stanovnik obale države Pernambuco. U mojoj zemlji sam čuo priče o ovoj čudesnoj planini i njenoj pećini. Odmah sam bio zainteresiran za putovanje ovdje, iako sam mislio da je sve samo legenda. Skupio sam stvari, otišao, stigao u Mimoso i popeo se na planinu. Pogodio sam jackpot. Sad kad sam ovdje, otići ću u pećinu i ispuniti svoju želju. Bit ću velika boginja, ukrašena moći i bogatstvom. Svi će mi služiti. Tvoj san je blesav. Zašto tražiti malo ako možemo imati svijet?

"Griješite. Pećina ne čini sitna čuda. Nećeš uspjeti. Čuvar vam neće dopustiti da uđete. Da biste ušli u pećinu, morate pobijediti u tri izazova. Već sam osvojio dvije etape. Koliko si ih osvojio?

"Kako glupi, izazovi i čuvari. Špilja poštuje samo najjače i najpouzdanije. Sutra ću ostvariti svoje želje i nitko me neće zaustaviti, čuješ?

"Ti znaš najbolje. Kad požališ, bit će prekasno? Pa, pretpostavljam da ću ići. Treba mi malo odmora jer je kasno. Što se tebe tiče, ne mogu ti poželjeti sreću u pećini jer želiš biti veći od samog Boga. Kada ljudi dođu do ove točke, oni se unište.

"Gluposti, sve su to riječi. Ništa me neće natjerati da se vratim na svoju odluku.

Vidjevši da je nepopustljiva odustala sam, sažalijevala je. Kako ljudi mogu postati tako sitničavi svako malo? Ljudsko biće je dostojno samo kada se bori za pravedne i jednakost ideale. Hodajući stazom, sjetio sam se vremena kada mi je nanesena nepravda, bilo to loše označenim pregledom ili čak zanemarivanjem drugih. To me čini nesretnim. Povrh svega, moja obitelj je potpuno protiv mog sna i ne vjeruje u mene. Boli me. Jednog dana, oni će vidjeti razum i vidjeti da snovi mogu biti mogući. Tog dana ću pjevati svoju pobjedu i veličati Stvoritelja. Dao mi je sve i zahtijevao je samo da podijelim svoje darove jer, kako kaže Biblija, ne palite svjetiljku i ne stavljajte je ispod stola. Umjesto toga, stavite ga na vrh da svi plješću i budu prosvijetljeni. Staza se lomi i odmah vidim kolibu koja me toliko znojila da izgradim. Moram ići spavati jer sutra je drugi dan i imam planove za sebe i za svijet. Laku noć, čitatelji. Do sljedećeg poglavlja...

Podrhtavanje

Novi dan počinje. Svjetlo se pojavljuje, povjetarac jutra miluje moju kosu, ptice i insekti imaju proslavu, a čini se da se vegetacija ponovno rađa. To se događa svaki dan. Trljam oči, perem lice, perem zube i kupam se. Ovo je moja rutina prije doručka. Šuma ne nudi ni prednosti ni opcije. Nisam navikla na ovo. Majka me razmazila do te mjere da mi je poslužila kavu. Doručkujem u tišini, ali nešto mi pada na pamet. Koji će biti treći i posljednji izazov? Što će biti sa mnom u pećini? Ima toliko pitanja bez odgovora, da mi se vrti u glavi. Jutro napreduje, a s njim i moja lupanja srca, strahovi i zimica. Tko sam ja sada? Naravno, nije isto. Popeo sam se na svetu planinu tražeći sudbinu za koju nisam ni znao. Pronašao sam čuvara i otkrio nove vrijednosti i svijet veći nego što sam ikada zamišljao da postoji prije. Nadalje, pobijedio sam u dva izazova i sada sam se morao suočiti samo s trećim. Hladan treći izazov koji je bio dalek i nepoznat. Listovi oko kolibe kreću se tako malo. Naučio sam razumjeti prirodu i njezine signale. Netko se približava.

"Pozdrav! Jesi tu?

Skočio sam, promijenio smjer pogleda i razmišljao o tajanstvenom liku čuvara. Čini se sretnija, pa čak i ružičasta unatoč svojim očiglednim godinama.

"Ovdje sam, kao što vidite. Kakve ste vijesti donijeli za mene?

"Kao što znate, danas dolazim najaviti vaš treći i posljednji izazov. Održat će se sedmog dana ovdje na planini jer je to maksimalno vrijeme koje smrtnik može ostati ovdje. Jednostavno je i sastoji se od sljedećeg: Ubijte prvog čovjeka ili zvijer s kojom se susrećete po izlasku iz svoje kolibe istog dana. U suprotnom, nećete imati pravo ući u špilju koja vam daje vaše najdublje želje. Što kažeš? Zar to nije lako?

"Kako je tako? Ubiti? Izgledam li kao ubojica?

"To je jedini način da uđeš u pećinu. Pripremite se jer postoje samo dva dana i...

Potres jačine 3,7 skala veličine ljestvice trese cijeli vrh planine. Podrhtavanje mi ostavlja vrtoglavicu, i mislim da ću se onesvijestiti. Sve više i više misli mi pada na pamet. Osjećam kako mi se snaga iscrpljuje i osjećam lisice koje mi silom osiguravaju ruke i stopala. Brzo, vidim sebe kao roba, radeći na poljima u kojima dominiraju gospodari. Vidim okove, krv i čujem vapaje mojih suputnika. Vidim bogatstvo, ponos i izdaju pukovnika. Nadalje, vidim i vapaj slobode i pravde za potlačene. Oh, kako je svijet nepravedan! Dok neki pobjeđuju, drugi su ostavljeni da trunu, zaboravljeni. Lisice se lome. Djelomično sam slobodna. Još uvijek sam diskriminiran, omražen i nanesena mi je nepravda. Nadalje, još uvijek vidim zlo bijelaca koji me zovu "crnčuga". Još uvijek se osjećam inferiorno. Opet, čujem krikove žamora, ali sada je glas jasan, oštar i poznat. Podrhtavanje nestaje i malo po malo se osvijestim. Netko me podiže. Još uvijek malo ošamućen, uzvikujem:

"Što se dogodilo?

Čuvar, u suzama, ne može naći odgovor.

"Sine moj, pećina je upravo uništila još jednu dušu. Molim te pobijedi u trećem izazovu i porazi ovo prokletstvo. Svemir se urotio za tvoju pobjedu.

"Ne znam kako pobijediti. Samo stvoriteljevo svjetlo može osvijetliti moje misli i moje postupke. Garantiram da neću lako odustati od svojih snova.

"Vjerujem u vas i u obrazovanje koje ste primili. Sretno, Dijete Božje! Vidimo se uskoro!

Rekavši to, nepoznata dama je otišla i rastopila se u dimu. Sada sam bio sam i morao sam se pripremiti za konačni izazov.

Dan prije posljednjeg izazova

Prošlo je šest dana otkako sam se popeo na planinu. Cijelo ovo vrijeme izazova i iskustava učinilo me da puno rastem. Lakše razumijem prirodu, sebe i druge. Priroda maršira u svoj ritam i protivi se pretenzijama ljudskih bića. Zagađujemo vode i ispuštamo plinove u atmosferu. Što ćemo dobiti od toga? Što nam je stvarno važno, novac ili naš opstanak? Posljedice su tu: globalno zatopljenje, smanjenje flore i faune, prirodne katastrofe. Zar čovjek ne vidi da je sve ovo njegova krivica? Još uvijek ima vremena. Ima vremena za život. Učinite svoj dio: Uštedite vodu i energiju, reciklirajte otpad, nemojte zagađivati okoliš. Zahtijevajte od svoje vlade da se obveže na ekološka pitanja. To je najmanje što možemo učiniti za sebe i za svijet. Vraćajući se svojoj avanturi, jednom kad sam se popeo na planinu, bolje sam razumio svoje želje i svoje granice. Shvatio sam da su snovi omogućeni samo ako su plemeniti i pravedni. Pećina je poštena i ako pobijedim u trećem izazovu, ostvarit će mi san. Kada sam pobijedio u prvom i drugom izazovu, bolje sam razumio želje drugih. Većina ljudi sanja o bogatstvu, društvenom ugledu i visokoj razini zapovijedanja. Oni više ne vide ono što je najbolje u životu: profesionalni uspjeh, ljubav i sreću. Ono što ljudsko biće čini iznimnim su njegove kvalitete koje sjaje kroz njegov rad. Moć, bogatstvo i društvena razmetljivost nikoga ne čine sretnim. To je ono što tražim u svetoj planini: sreća i potpuna domena "suprotstavljenih sila". Moram malo izaći. Korak po korak, noge me vode izvan kolibe koju sam izgradio. Nadam se znaku sudbine.

Sunce se zagrijava, vjetar jača i ne pojavljuje se nikakav znak. Kako ću pobijediti u trećem izazovu? Kako ću živjeti s neuspjehom ako ne mogu ispuniti svoj san? Pokušavam izbaciti negativne misli iz glave, ali strah je jači. Tko sam bio prije penjanja na planinu? Mladić, potpuno nesiguran, boji se suočiti sa svijetom i njegovim ljudima. Mladić koji je jedan dan borio se na sudu za svoja prava, ali nisu im dodijeljena. Budućnost mi je pokazala da je ovo najbolje. Povremeno pobijedimo porazom. Život me je to naučio. Neke ptice vrište oko mene. Čini se da razumiju moju zabrinutost. Sutra će biti novi dan, sedmi na vrhu planine. Moja sudbina je riskirati s ovim trećim izazovom. Molite, čitatelji, da pobijedim.

Treći izazov

Pojavit će se novi dan. Temperatura je ugodna, a nebo plavo u svoj svojoj neizmjernosti. Ustajem, trljam pospane oči. Veliki dan je stigao i spreman sam na to. Prije svega, moram pripremiti doručak. Sa sastojcima koje sam uspio pronaći dan prije, neće biti tako oskudno. Pripremam tavu i počinjem otvarati ukusna kokošja jaja. Masnoća prska i skoro me pogodi u oko. Koliko puta u životu, drugi nas povrjeđuju svojim tjeskobama? Doručkujem, malo se odmorim i pripremim strategiju. Treći izazov čini se da je sve samo ne jednostavan. Ubijanje za mene je nezamislivo. Pa, čak i tako, morat ću se suočiti s tim. S ovom rezolucijom počinjem hodati, i uskoro izlazim iz kolibe. Treći izazov počinje ovdje, i ja se pripremam za njega. Krenem prvim putem i počnem hodati. Stabla uz cestu staze široka su s dubokim korijenjem. Što zapravo tražim? Uspjeh, pobjeda i postignuće. Međutim, neću učiniti ništa što je protivno mojim načelima. Moj ugled ide prije slave, uspjeha i moći. Treći izazov me muči. Ubijanje za mene je zločin, čak i ako je to samo životinja. S druge strane, želim ući u pećinu i podnijeti zahtjev. To predstavlja dvije "suprotstavljene sile" ili "suprotne putove".

Ostajem na stazi i molim se da ništa ne nađem. Tko zna, možda bi treći izazov bio odbačen. Mislim da skrbnik ne bi bio tako velikodušan. Pravila se moraju pridržavati svi. Malo se zaustavim i ne mogu vjerovati sceni koju vidim: mačka i njegova tri mladunca, koji se zabavljaju oko mene. To je to. Neću ubiti majku troje mladunaca. Nemam srca. Zbogom uspjehu, zbogom špilja očaja. Dosta je snova. Nisam završio treći izazov i odlazim. Vratit ću se u svoju kuću i svojim voljenima. Užurbano, vraćam se u kolibu spakirati svoje torbe. Ne završavam treći izazov.

Kabina je srušena. Koji je smisao svega ovoga? Ruka mi lagano dodiruje rame. Osvrnem se i vidim čuvara.

"Čestitam, draga! Ispunili ste izazov i sada imate pravo ući u špilju očaja. Pobijedili ste!

Snažan zagrljaj koji mi je dala onda me još više zbunio. Što je ta žena govorila? Moj san i pećina bi ipak mogli biti pronađeni? Nisam vjerovao.

"Kako to mislite? Nisam završio treći izazov. Pogledajte moje ruke: čiste su. Neću zaprljati svoje ime krvlju.

"Zar ne znaš? Mislite li da bi Božje dijete bilo sposobno za takvo zlodjela kao što je ono što sam tražio? Ne sumnjam da ste dovoljno vrijedni da ostvarite svoje snove, iako će im možda trebati neko vrijeme da postanu stvarnost. Treći izazov temeljito vas je ocijenio i pokazali ste bezuvjetnu ljubav prema Božjim stvorenjima. Ovo je najvažnija stvar za ljudsko biće. Još jedna stvar: samo čisto srce će preživjeti pećinu. Držite svoje srce i misli čistima kako biste ga prevladali.

"Hvala ti, Bože! Hvala ti, živote, za ovu priliku. Obećavam da vas neću razočarati.

Emocije su me obuzele kao nikad prije nego što sam se popeo na planinu. Je li pećina bila sposobna činiti čuda? Htio sam saznati.

Špilja očaja

Nakon pobjede u trećem izazovu bio sam spreman ući u strašnu špilju očaja, špilju koja ostvaruje nemoguće snove. Bio sam još jedan sanjar koji će okušati sreću. Otkad sam se popeo na planinu, više nisam bio isti. Sada sam bio uvjeren u sebe i u prekrasan svemir koji me držao. Prethodni zagrljaj koji mi je nepoznata žena dala također me ostavio opuštenijim. Sada je bila uz mene i podržavala me u svakom pogledu. To je bila podrška koju nikad nisam dobio od svojih najmilijih. Moj nerazdvojni kofer je pod mojom rukom. Bilo je vrijeme da se oprostim od te planine i njenih misterija. Izazovi, čuvar, duh, mlada djevojka i sama planina koja se činila živom, svi su mi pomogli da odrastem. Bio sam spreman otići i suočiti se sa strašnom pećinom. Čuvar je uz mene i pratit će me na ovom putovanju do ulaza u špilju. Odlazimo jer se sunce već spušta prema horizontu. Naši planovi su u potpunom skladu. Vegetacija oko staze kojom smo putovali i buka životinja čine okoliš vrlo ruralnim. Čini se da čuvareva šutnja tijekom cijelog tečaja predviđa opasnosti koje špilja okružuje. Malo smo stali. Čini se da mi glasovi planine žele nešto reći. Koristim ovu priliku da prekinem tišinu.

"Mogu li nešto pitati? Kakvi su to glasovi koji me toliko muče?

"Čujete glasove. Zanimljiv. Sveta planina ima čarobnu sposobnost da ujedini sva srca koja sanjaju. Možete osjetiti te čarobne vibracije i interpretirati ih. Međutim, ne obraćajte mnogo pozornosti na njih jer vas mogu dovesti do neuspjeha. Pokušajte se usredotočiti na vlastite misli i njihova aktivnost će biti manja. Pazi. Pećina može otkriti vaše slabosti i upotrijebiti ih protiv vas.

"Obećavam da ću se brinuti o sebi. Ne znam što me čeka u pećini, ali vjerujem da će mi duhovi koji prosvjetljuju pomoći. Moja sudbina je u pitanju, a donekle i ostatak svijeta.

"U redu, dovoljno smo se odmorili. Nastavimo hodati jer neće proći dugo do zalaska sunca. Pećina bi trebala biti oko četvrt milje odavde.

Nastavlja se tutnjava koraka. Četvrt milje je dijelilo moj san od njegovog ostvarenja. Nalazimo se na zapadnoj strani vrha planine gdje su vjetrovi sve jači. Planina i njene tajne... Mislim da to nikada neću u potpunosti znati. Što me motiviralo da se popnem na njega? Obećanje da će nemoguće postati moguće i moj avanturist i izviđački instinkti. Ono što je bilo moguće, i svakodnevna rutina su me ubijali. Sada sam se osjećao živim i spremnim prevladati izazove. Pećina se približava. Već vidim njegov ulaz. Čini se impozantno, ali nisam obeshrabren. Niz misli napada cijelo moje biće. Moram kontrolirati živce. Mogli bi me izdati na vrijeme. Čuvar signalizira da stane. Pokoravam se.

"Ovo je najbliže što mogu doći do pećine. Dobro slušajte što ću reći jer to neću ponoviti: Prije ulaska molite Očenaš za anđela čuvara. Zaštitit će vas od opasnosti. Kada uđete, nastavite s oprezom kako ne biste pali u zamke. Nakon putovanja glavnim šetalištem špilje, određeno vrijeme, naići ćete na tri opcije: Sreća, neuspjeh i strah. Izaberi sreću. Ako izabereš neuspjeh, ostat ćeš siromašan luđak koji je sanjao. Ako se odlučite bojati, potpuno ćete se izgubiti. Sreća daje pristup još dva scenarija koja su mi nepoznata. Zapamtite: samo čisto srce može preživjeti pećinu. Budite mudri i ispunite svoj san.

"Razumijem. Trenutak koji sam čekao otkad sam se popeo na planinu je stigao. Hvala ti, čuvaru, za svo tvoje strpljenje i revnost sa mnom. Nikada neću zaboraviti tebe ili trenutke koje smo proveli zajedno.

Tjeskoba mi je uzela srce dok sam se opraštao od nje. Sada smo bili samo ja i pećina, dvoboj koji će promijeniti povijest svijeta i moju vlastitu. Pogledam ravno u nju i ipak dobijem svjetiljku iz kofera da osvijetlim put. Spreman sam za ulazak. Noge su mi smrznute pred ovim divom. Moram skupiti snage da nastavim put. Ja sam Brazilac i nikad ne odustajem. Nadalje, poduzimam prve korake i imam blagi osjećaj da me netko prati. Osim toga, mislim da sam izuzetan Bogu. Ponaša se prema meni kao da sam mu sin. Moji koraci počinju ubrzavati, i na kraju, ulazim u pećinu. Početna fascinacija je neodoljiva, ali moram biti oprezan zbog zamki. Vlažnost zraka je visoka, a hladnoća intenzivna. Stalaktiti i stalagmiti ispunjavaju se praktički svugdje oko mene. Ušao sam 50-ak metara unutra, a zimica mi je počela davati guske po cijelom tijelu. Sve kroz što sam prošao prije penjanja na planinu počinje mi padati na pamet: poniženja, nepravde i zavist drugih. Izgleda da je svaki od mojih neprijatelja u toj pećini, čekajući najbolje vrijeme da me napadne. Spektakularnim skokom svladao sam prvu zamku. Vatra u pećini me je skoro progutala. Nadja nije bila te sreće. Držeći se za stalaktit sa stropa koji je čudesno izdržao moju težinu, uspio sam preživjeti. Moram sići i nastaviti svoje putovanje prema nepoznatom. Moji koraci se ubrzavaju, ali oprezno. Većina ljudi žuri, žuri pobijediti ili dovršiti ciljeve. Fantastična agilnost me upravo spasila od druge zamke. Nebrojena koplja su bila podignuta prema meni. Jedan od njih mi je bio najbliže da mi ogrebe lice. Pećina me želi uništiti. Odsad moram biti oprezniji. Prošlo je otprilike sat vremena otkako sam ušao u pećinu, a ipak, nisam došao do točke o kojoj je govorio čuvar. Trebao bih biti blizu. Moji koraci se nastavljaju, ubrzavaju, i moje srce daje znak upozorenja. Povremeno ne obraćamo pažnju na znakove koje naše tijelo daje. Tada se događaju neuspjeh i razočaranje. Srećom, to nije slučaj za mene. Čujem vrlo glasnu buku koja dolazi u mom smjeru. Počeo sam bježati. Za nekoliko trenutaka shvaćam da me velikom brzinom progoni divovski kamen. Trčim neko vrijeme i iznenadnim pokretom mogu pobjeći od stijene, pronalazeći sklonište uz špilju. Kada kamen prođe, prednji dio špilje je zatvoren, a zatim se pojavljuju prednja tri vrata. Oni predstavljaju sreću, neuspjeh i strah. Ako izaberem neuspjeh, nikada neću biti ništa drugo nego siromašan luđak koji je sanjaren da postane pisac. Ljudi će se sažaliti na mene. Ako se odlučim bojati, nikada neću rasti niti će me svijet poznavati. Mogao bih dotaknuti dno i izgubiti se zauvijek. Ako odaberem sreću, nastavit ću sa svojim snom i prijeći ću u drugi scenarij.

Postoje tri opcije: vrata desno, lijevo i jedna u sredini. Svaka od njih predstavlja jednu od opcija: sreću, neuspjeh ili strah. Moram napraviti pravi izbor. S vremenom sam naučio prevladati svoje strahove: strah od mraka, strah od samoće i strah od nepoznatog. Nadalje, ne bojim se uspjeha ili budućnosti. Strah mora predstavljati vrata na desnoj strani. Neuspjeh je rezultat lošeg planiranja. Nisam uspio nekoliko puta, ali to me nije natjeralo da odustanem od svojih ciljeva. Neuspjeh bi trebao poslužiti kao lekcija za kasniju pobjedu. Neuspjeh mora predstavljati vrata s lijeve strane. Konačno, srednja vrata moraju predstavljati sreću jer pravedni ne okreću ni prema desno ni prema lijevo. Pravednost je uvijek sretna. Skupim snagu i odaberem vrata u sredini. Nakon otvaranja imam dovoljno pristupa salonu, a na krovu je napisano ime Sreća. U sredini je ključ koji omogućuje pristup drugim vratima. Stvarno sam bio u pravu. Ispunio sam prvi korak. Ostaju mi još dva. Dobio sam ključ i probao na vratima. Savršeno se uklapa. Otvorio sam vrata. To mi daje pristup novoj galeriji. Počinjem se spuštati niz njega. Mnoštvo misli preplavljuje moj um: Koje će biti nove zamke s kojima se moram suočiti? Do kakvog scenarija će me ova galerija odvesti? Ima mnogo neodgovorenih pitanja. Nastavljam hodati, a disanje mi postaje napeto jer je zraka sve manje. Već sam prešao oko desetinu milje, i moram ostati pažljiv. Nadalje, čujem buku i padam na tlo kako bih se zaštitio. To je buka malih šišmiša koji pucaju oko mene. Hoće li mi sisati krv? Jesu li mesožderi? Srećom po mene, nestaju u proširenja galerije. Vidim lice i moje tijelo drhti, je li to duh? Ne. To je od krvi i mesa, i dolazi na mene, spreman za borbu. To je jedna od svećeničkih Ratnik pećine. Borba počinje. Vrlo je brz i pokušava me udariti na ključnom mjestu. Pokušavam izbjeći njegove napade. Uzvraćam nekim potezima koje sam naučio gledajući filmove. Strategija funkcionira. To ga plaši i on se malo vraća. Uzvratio je borilačkim vještinama, ali spreman sam na to. Udario sam ga kamenom po glavi koji sam pokupio u pećini. Pao je u nesvijest. Potpuno sam nesklon nasilju, ali u ovom slučaju, to je bilo neophodno. Želio bih otići na drugi scenarij i otkriti tajne špilje. Nadalje, ponovno počinjem hodati i ostajem pažljiv i štitim se od bilo kakvih novih zamki. S niskom vlagom, vjetar puše, a ja postajem ugodniji. Osjećam struje pozitivnih misli koje je poslao Guardian. Špilja još više potamni, transformirajući se. Virtualni labirint pokazuje se ravno naprijed. Još jedna zamka u pećini. Ulaz u labirint je savršeno vidljiv. Ali gdje je izlaz? Kako ući i ne izgubiti se? Imam samo jednu opciju: prijeći labirint i preuzeti rizik. Izgradim svoju hrabrost i počnem poduzimati prve korake prema ulazu u labirint. Molite se, čitatelju, da nađem izlaz. Nemam strategiju na umu. Mislim da bih trebao iskoristiti svoje znanje da me izvuče iz ovog nereda. S hrabrošću i vjerom, ulazim u labirint.

Čini se više zbunjujuće iznutra nego izvana. Zidovi su široki i okreću se. Počinjem se prisjećati trenutaka u životu kada sam se našao izgubljen kao u labirintu. Smrt mog oca, tako mladog, bila je pravi udarac u mom životu. Vrijeme koje sam proveo nezaposlen i ne studirajući također me je učinilo izgubljenim, kao u labirintu. Sada sam bio u istoj situaciji. Nastavljam hodati, i čini se da nema kraja labirintu. Jeste li se ikada osjećali očajno? Tako sam se osjećao, potpuno očajan. Stoga ima ime špilja očaja. Skupim svoj zadnji dio snage i ustanem. Moram pronaći izlaz po svaku cijenu. Još jedna ideja me pogađa; Pogledam u strop i vidim mnogo šišmiša. Ja ću slijediti jednog od njih. Nazvat ću ga "čarobnjak". Čarobnjak bi mogao osvojiti labirint. To je ono što mi treba. Šišmiš leti velikom brzinom i moram držati korak s njom. Dobro je da sam fizički u formi, gotovo sportaš. Vidim svjetlo na kraju tunela, ili još bolje, na kraju labirinta. Spašen sam.

Kraj labirinta me doveo do čudnog prizora u galeriji pećine. Soba od ogledala. Pažljivo hodam okolo iz straha da nešto ne slomim. Vidim svoj odraz u ogledalu. Tko sam ja sada? Jadni mladi sanjar koji će otkriti svoju sudbinu. Izgledam posebno zabrinuto. Što sve to znači? Zidovi, strop, pod, sve se sastoji od stakla. Dodirujem površinu ogledala. Materijal je tako krhak, ali vjerno odražava aspekt sebe. Odmah se u tri ogledala pojavljuje izrazita slika, dijete, mlada osoba koja drži lijes i starac. Svi su oni ja. Je li to vizija? Stvarno, imam dječje aspekte kao što su čistoća, nevinost i vjera u ljude. Sumnjam da se želim riješiti tih kvaliteta. Petnaestogodišnji mladić predstavlja bolnu fazu u mom životu: gubitak oca. Čak i ako njegovim krutim i suzdržanim načinima, on je bio moj otac. Još ga se sjećam s nostalgijom. Stariji čovjek predstavlja moju budućnost. Kako će biti? Hoću li biti uspješan? Oženjen, samac ili čak udovac? Mislim da bi bilo bolje da ne budem odvratan ili povrijeđen starac. Dosta s ovim slikama. Moj poklon je sada. Ja sam mladić od 26 godina, diplomirao matematiku, pisac. Više nisam dijete, niti petnaestogodišnjak koji je izgubio oca. Nadalje, ja također nisam starac. Moja budućnost je pred mnom i želim biti sretna. Ja nisam nijedna od ove tri slike. Nadalje, ja sam svoj. S udarcem, tri zrcala u kojima su se pojedinci pojavili razbijaju se i pojavljuju se vrata. To je moj ulazak u treći i posljednji scenarij.

Otvaram vrata koja daju pristup novoj galeriji. Što me čeka u trećem scenariju? Zajedno, nastavimo, čitatelju. Počinjem hodati, a srce mi se ubrzava kao da sam još uvijek u prvoj sceni. Prevladao sam mnoge izazove i zamke i već se smatram pobjednikom. U mislima tražim sjećanja iz prošlosti kada sam svirao u malim pećinama. Situacija je sada potpuno drugačija. Pećina je ogromna i puna zamki. Moja svjetiljka je skoro mrtva. Nastavljam hodati, i ravno naprijed pojavljuje se nova zamka: dvoja vrata. "Suprotstavljene sile" viču u meni. Potrebno je napraviti novi izbor. Jedan od izazova mi pada na pamet i sjećam se kako sam imao hrabrosti to prevladati. Izabrao sam put na desnoj strani. Situacija je drugačija jer sam u mračnoj, vlažnoj pećini. Napravio sam svoj izbor, ali i počeo pamtiti riječi čuvara koji je govorio o učenju. Moram upoznati dvije snage da imam potpunu kontrolu nad njima. Nadalje, biram vrata s lijeve strane. Otvaram ga polako; u strahu od onoga što možda skriva. Dok ga otvaram, razmišljam o viđenju: nalazim se u svetištu, ispunjen slikama svetaca s kaležom na oltaru. Može li to biti Sveti Gral, izgubljeni Kristov kalež koji daje vječnu mladost onima koji piju iz njega? Noge mi se tresu. Impulzivno trčim prema kaležu i počinjem piti iz njega. Vino ima nebeski okus, bogova. Osjećam vrtoglavicu, svijet se okreće, anđeli pjevaju i tlo pećine drhti. Imam svoje prvo viđenje: vidim Židova po imenu Isus, zajedno sa svojim apostolima, kako iscjeljuje, oslobađa i poučava svoj narod novim perspektivama. Nadalje, vidim cijelu putanju njegovih čuda i njegove ljubavi. Također vidim izdaju Jude i vraga kako mu djeluju iza leđa. Konačno, vidim njegovo uskrsnuće i slavu. Čujem glas koji mi govori: Iznesite svoj zahtjev. Odjekujući od sreće, uzvikujem da želim postati Prorok!

Čudo

Ubrzo nakon mog zahtjeva, svetište drhti, puni se dimom i mogu čuti izmijenjene glasove. Ono što otkriju je potpuno tajno. Mala vatra se diže iz kaleža i sliječe u moju ruku. Njegova svjetlost prodire i osvjetljava cijelu špilju. Zidovi špilje transformiraju se i ustupaju mjesto malim vratima koja se pojavljuju. Otvara se i jak vjetar me počinje gurati do njega. Svi moji napori padaju na pamet: moja predanost proučavanju, način na koji sam savršeno slijedio Božje zakone, uspon na planinu, izazovi, pa čak i ovaj prolaz u špilju. Sve mi je to donijelo zapanjujući duhovni rast. Sada sam bio spreman biti sretan i ispuniti svoje snove. Strašna pećina očaja me prisilila da to zatražim. Sjećam se i u ovom uzvišenom trenutku svih onih koji su izravno ili neizravno pridonijeli mojoj pobjedi: moje učiteljice u osnovnoj školi, gospođe Socorro, koja me naučila čitati i pisati, mojih učitelja života, moje škole i poslovnih prijatelja, moje obitelji i skrbnika koji su mi pomogli prevladati izazove i upravo ovu špilju. Jak vjetar me gura prema vratima i uskoro ću biti u tajnoj komori.

Sila koja me gurnula konačno prestaje. Vrata se zatvaraju. Ja sam u ogromnoj komori koja je visoka i tamna. Na desnoj strani je maska, svijeća i Biblija. Lijevo je plašt, karta i raspelo. U sredini, visoko, zanimljiv je kružni aparat od željeza. Hodam prema desnoj strani: stavim masku, zgrabim svijeću i otvorim Bibliju na slučajnu stranicu. Hodam prema lijevoj strani: stavim plašt, napišem svoje ime i alias na kartu i osiguram raspelo drugom rukom. Nadalje, hodam prema centru i pozicioniram se točno ispod aparata. Izgovaram četiri čarobna slova: S-e-e-r. Odmah, uređaj emitira krug svjetlosti i potpuno me obavija. Osjećam tamjan koji se svakodnevno spaljuje prisjećajući se velikih sanjara: Martina Luthera Kinga, Nelsona Mandele, Majke Tereze, Franje Asiškog i Isusa Krista. Moje tijelo vibrira i počinje plutati. Moja osjetila počinju se buditi i s njima mogu dublje prepoznati osjećaje i namjere. Moji darovi su ojačani i s njima mogu činiti čuda u vremenu i prostoru. Krug se sve više zatvara, a svaki osjećaj krivnje, netolerancije i straha briše se iz mog uma. Gotovo sam spreman: počinje se pojavljivati niz vizija i zbunjivati me. Konačno, krug se gasi. Odmah se otvara niz vrata i s mojim novim darovima mogu savršeno vidjeti, osjetiti i čuti. Krikovi likova koji se žele manifestirati, počinju se pojavljivati različita vremena i mjesta, a značajna pitanja počinju korodirati moje srce. Pokrenut je izazov da postanete vidoviti.

Izlazak iz špilje

Sa svime što je postignuto, sve što je ostalo je da napustim pećinu i krenem na svoje pravo putovanje. Moj san je ispunjen i sada samo treba staviti na posao. Počinjem hodati i s malo vremena ostavljam tajnu odaju. Osjećam da nijedno drugo ljudsko biće neće imati zadovoljstvo ući u njega. Špilja očaja više nikada neće biti ista nakon što odem pobjednički, samouvjeren i sretan. Vraćam se trećem scenariju: Slike svetaca ostaju netaknute i čini se da su sretne mojom pobjedom. Šalica je pala i suha je. Vino je bilo ukusno. Mirno se snalazim oko trećeg scenarija i osjećam atmosferu mjesta. Stvarno je sveto kao pećina i planina. Vičem od radosti i proizvedeni odjek se proteže preko pećine. Svijet više neće biti isti nakon. Zaustavljam se, razmišljam i razmišljam o sebi u svakom pogledu. Posljednjim oproštajnim poljupcem ostavljam treći scenarij i vraćam se na ista vrata s lijeve strane koja sam odabrao. Put Vidokruga neće biti lak jer će biti izazov u potpunosti kontrolirati suprotstavljene sile srca, a zatim to morati podučavati drugima. Put na lijevoj strani, koji je bio moja opcija, predstavlja znanje i kontinuirano učenje, bilo sa skrivenim silama, pokajanje ili samom smrću. Šetnja postaje iscrpna jer je špilja opsežna, tamna i vrlo vlažna. Izazov Gospodina može biti veći nego što ja shvaćam: izazov usklađivanja srca, života i osjećaja. To nije sve: još se nisam pobrinuo za svoj put. Galerija postaje uska, a s njom i moje misli. Moji osjećaji nostalgije za domom, kao i nostalgija za matematikom i mojim osobnim životom. Na kraju, dolazi nostalgija za mnom. Ubrzao sam svoje korake, i uskoro sam u drugom scenariju. Slomljena zrcala sada predstavljaju dijelove mog uma koji su sačuvani i prošireni: dobre osjećaje, vrline, darove i sposobnost prepoznavanja kada sam pogriješio. Scenarij ogledala odražava moju dušu. Ovo samospoznaje ću ponijeti sa sobom cijeli svoj život. Još uvijek su mi pohranjeni u sjećanju figure djeteta, mlade petnaestogodišnjakinje i starijeg muškarca. To su tri moja mnoga lica koja čuvam jer su moja povijest. Ostavljam drugi scenarij, a s njim ostavljam svoja sjećanja. Ja sam u galeriji koja vodi do prvog scenarija. Moja očekivanja od budućnosti i moje nade su obnovljena. Ja sam Gospodin, evoluirano i posebno biće, predodređeno da mnoge duše sanjaju. Razdoblje nakon špilje poslužit će kao obuka i poboljšanje postojećih vještina. Idem malo dalje i vidim labirint. Ovaj izazov me je skoro uništio. Moje spasenje je bio Čarobnjak, šišmiš koji mi je pomogao pronaći izlaz. Sada ga više ne trebam jer sa svojim vidovitim moćima lako mogu proći pored njega. Imam dar vodstva u pet aviona. Koliko se često osjećamo kao da smo izgubljeni u labirintu: Kada izgubimo posao; Kada smo razočarani velikom ljubavlju našeg života; Kada prkosimo autoritetu naših nadređenih; Kada izgubimo nadu i sposobnost sanjanja; Kada prestanemo biti naučnici života i kada izgubimo sposobnost usmjeravanja naše sudbine? Zapamtite: Svemir predisponira osobu, ali mi smo ti koji moramo ići za njom i dokazati da smo dostojni. To je ono što sam učinio. Popeo sam se na planinu, izveo tri izazova, ušao u špilju, porazio njezine zamke i stigao na odredište. Prođem labirint i to me ne čini sretnim jer sam već pobijedio u izazovu. Nadalje, namjeravam tražiti nove horizonte. Isto tako, nadalje, hodao sam oko dvije milje između tajne komore, drugog i trećeg scenarija i s tom spoznajom osjećam se pomalo umorno. Osjećam znoj kako curi; Također osjećam tlak zraka i nisku vlažnost. Prilazim Ratnika, mom velikom protivniku. Još uvijek izgleda nokautiran. Žao mi je što sam se tako ponašao prema tebi, ali moj san, moja nada i moja sudbina su bili u pitanju. Treba donositi važne odluke u važnim situacijama. Strah, sram i moral samo smetaju umjesto da pomažu. Milujem mu lice i pokušavam vratiti život u njegovo tijelo. Djelujem na ovaj način jer više nismo protivnici, već drugovi ove epizode. Podiže i s dubokim lukom mi čestita. Sve je ostavljeno: borba, naše "suprotstavljene snage", naši različiti jezici i naši izraziti ciljevi. Živimo u situaciji drugačijoj od prethodne. Možemo razgovarati, razumjeti jedni druge, i tko zna, možda čak i biti prijatelji. Dakle, sljedeća poslovica: Od neprijatelja napravite gorljivog i vjernog prijatelja. Na kraju me zagrlio, pozdravio se i poželio mi sreću. Uzvraćam. On će nastaviti činiti dio otajstva špilje, a ja ću biti dio misterije života i svijeta. Mi smo "suprotstavljene sile" koje su pronašle jedna drugu. To je moj cilj u ovoj knjizi: ujediniti "suprotstavljene snage". Stalno hodam po galeriji koja daje pristup prvom scenariju. Osjećam se samouvjereno i potpuno smireno, za razliku od prvog ulaska u špilju. Strah, tama i nepredviđeni svi su me uplašili. Tri vrata koja su označavala sreću, strah i neuspjeh pomogla su mi da evoluiram i razumijem osjećaj stvari. Neuspjeh predstavlja sve od čega bježimo, a da ne znamo zašto. Neuspjeh uvijek mora biti trenutak učenja. To je točka u kojoj ljudsko biće otkriva da nije savršeno, da put još uvijek nije iscrtan, a ovo je trenutak obnove. To je ono što uvijek trebamo učiniti: ponovno se roditi. Uzmimo, na primjer, drveće: Oni gube lišće, ali ne i svoj život. Budimo kao hodajući metamorfoze. Život to zahtijeva. Strah je prisutan kad god se osjećamo ugroženo ili potlačeno. To je početna točka za nove neuspjehe. Prevladajte svoje strahove i otkrijte da postoje samo u vašoj mašti. Pokrila sam dobar dio galerije špilje i u ovom trenutku prolazim kroz vrata sreće. Svatko može proći kroz ova vrata i uvjeriti se da sreća postoji i da se može postići ako se u potpunosti slažemo sa svemirom. To je relativno jednostavno. Radnik, zidar, domar rado ispunjava svoje misije; Poljoprivrednik, plantaža šećerne trske, kauboj je sretan što može prikupiti proizvod svog rada; učitelj u poučavanju i učenju; pisac u pisanju i čitanju; svećenik koji naviješta božansku poruku, a potrebita djeca, siročad i prosjaci sretni su u primanju riječi ljubavi i brige. Sreća je u nama i očekuje da će se neprestano otkrivati. Da bismo bili istinski sretni, trebamo zaboraviti mržnju, tračeve, neuspjehe, strah i sram. Nastavljam hodati i vidim sve zamke kojima sam upravljao i pitam se od čega su ljudi napravljeni ako nemaju uvjerenja, puteve ili sudbine. Nitko od njih ne bi preživio zamke jer nemaju sigurnosnu mrežu, svjetlo ili silu koja ih podržava. Čovjek je ništa ako je sam. On samo čini nešto od sebe kada je povezan sa silama čovječanstva. On može napraviti svoje mjesto samo ako je u potpunom skladu sa svemirom. Tako se sada osjećam: u punom skladu jer sam se popeo na planinu, pobijedio sam u tri izazova i pobijedio špilju, špilju koja mi je ostvarila san. Moja šetnja se bliži kraju jer vidim svjetlo koje dolazi s ulaza u špilju. Uskoro ću se izvući.

Ponovni susret s Guardianom

Izašao sam iz pećine. Nebo je plavo, sunce jako, a vjetar sjeverozapadni. Počinjem razmišljati o cijelom vanjskom svijetu i razumijem koliko je svemir zapravo lijep i opsežan. Osjećam se kao važan dio toga jer sam se popeo na planinu, izveo tri izazova, testirao ga špilja i pobijedio. Nadalje, osjećam se preobraženo u svakom pogledu jer danas više nisam samo sanjar, već vizionar, blagoslovljen darovima. Pećina je stvarno izvela čudo. Čuda se događaju svaki dan, ali mi to ne shvaćamo. Bratska gesta, kiša koja oživljava život, milostinja, samopouzdanje, rođenje, prava ljubav, kompliment, neočekivano, vjera koja pokreće planine, sreća i sudbina; Sve to predstavlja čudo koje je život. Život je velikodušan.

Nastavljam razmišljati o vanjštini, potpuno sa strahopoštovanjem. Povezan sam sa svemirom i sa mnom. Mi smo jedno s istim ciljevima, nadama i uvjerenjima. Toliko sam koncentrirana da malo primjećujem kad mi mala ruka dotakne tijelo. Ostajem u svom posebnom i jedinstvenom duhovnom sjećanju, sve dok me mala neravnoteža koju je netko uzrokovao ne obori s moje osi. Nadalje, okrenem se pitanju i vidim dječaka i skrbnika. Mislim da su uz mene već neko vrijeme, a ja to nisam shvatila.

"Dakle, preživjeli ste pećinu. Čestitam! Nadao sam se da hoćeš. Među svim ratnicima koji su već pokušali ući u špilju i ostvariti svoje snove, vi ste bili najsposobniji. Međutim, trebate znati da je špilja samo jedan korak među mnogima s kojima ćete se suočiti u životu. Znanje je ono što će vam dati istinsku moć, a to je nešto što vam nitko neće moći oduzeti. Izazov je pokrenut. Ovdje sam da vam pomognem. Vidite, doveo sam vam ovo dijete da vas prati na vašem pravom putovanju. Bit će od velike pomoći. Vaša misija je ujediniti "suprotstavljene snage" i dati im da urode plodom u drugo vrijeme. Netko treba vašu pomoć, i zato ću vas poslati.

"Hvala vam. Pećina je stvarno ostvarila moj san. Sada sam gatara i spreman sam za nove izazove. Kakvo je to pravo putovanje? Tko je taj netko kome je potrebna moja pomoć? Što će biti sa mnom?

"Pitanja, pitanja, draga moja. Odgovorit ću jednom od njih. Sa svojim novim moćima, vratit ćete se u prošlost kako biste iskrivili nepravde i pomogli nekome da se nađe. Ostalo ćete sami otkriti. Imate točno 30 dana da obavite ovu misiju. Ne gubite vrijeme.

"Razumijem. Kada mogu ići?

"Danas. Vrijeme pritišće.

To je rekao, skrbnik mi je predao dijete i rekao zbogom prijateljski. Što me čeka na ovom putovanju? Je li moguće da Gatara stvarno može popraviti nepravde? Mislim da će sve moje moći biti potrebne da budem dobar na ovom putovanju.

Opraštanje od planine

Planina udiše zrak mira i mira. Otkad sam došao ovdje, naučio sam ga poštovati. Mislim da mi je to također pomoglo da ga skaliraj, prevladam izazove i uđem u špilju. Stvarno je bilo uplašeno. To je postalo tako zbog smrti tajanstvenog šamana koji je sklopio čudan pakt sa silama svemira. Obećao je dati svoj život u zamjenu za obnovu mira u svom plemenu. Stoljećima je Xukuru dominirao regijom. U to su vrijeme njihova plemena bila u ratu zbog varke čarobnjaka iz sjevernog plemena. Žudio je za moći i potpunom kontrolom nad plemenima. Njihovi planovi također su uključivali svjetsku dominaciju sa svojim mračnim umjetnostima. Tako je počeo rat. Južnjačko pleme se osvetilo, počeli su napadi i smrt. Cijeloj Xukuru naciji prijetilo je izumiranje. Onda je šaman juga ujedinio svoje snage i sklopio pakt. Južno pleme je dobilo spor, čarobnjak je ubijen, šaman je platio cijenu svog saveza, i mir je obnovljen. Od tada je planina Ororubá postala sveta.

Još uvijek sam na rubu pećine i analiziram situaciju. Moram obaviti misiju i brinuti se o dječaku, iako ni sam još nisam otac. Nadalje, analiziram dječaka od glave do pete i odmah to shvaćam. On je isto dijete koje sam pokušao spasiti od kandži tog okrutnog čovjeka. Čini mi se da je nijem jer ga još nisam čuo da govori. Pokušavam prekinuti tišinu.

"Sine, jesu li se tvoji roditelji složili da te puste da putuješ sa mnom? Gledajte, ja ću vas odvesti samo ako je to strogo potrebno.

"Nemam obitelj. Majka mi je umrla prije tri godine. Nakon toga, moj otac se pobrinuo za mene. Međutim, bio sam toliko zlostavljan da sam odlučio pobjeći. Čuvar se sada brine o meni. Sjeti se što je rekla, trebaš me na ovom putovanju.

"Žao mi je. Recite mi: Kako se vaš otac loše ponašao prema vama?

"Natjerao me da radim 12 sati dnevno. Obroci su bili rijetki. Nije mi bilo dozvoljeno da se igram da učim ili čak da imam prijatelje. Često me tukao. Osim toga, nikada mi nije dao nikakvu naklonost koju bi otac trebao dati. Pa sam odlučio pobjeći.

"Razumijem vašu odluku. Unatoč tome što ste dijete, vrlo ste mudri. Više nećeš patiti s tim čudovištem od oca. Obećavam da ću se dobro brinuti za tebe na ovom putovanju.

"Brinuti se za mene? Sumnjam.

"Kako se zovete?

"Renato. To je bilo ime koje je čuvar izabrao za mene. Prije nisam imao ime ili bilo kakva prava. Što je tvoje?

"Aldivan. Ali možete me zvati Gatara ili Dijete Božje.

"U redu. Kada ćemo otići, Gatara?

"Uskoro. Sada se moram oprostiti od planine.

Gestom sam dao znak da me Renato prati. Kružio bih kroz sve staze i planinske uglove prije odlaska na nepoznato odredište.

Putovanje u prošlost

Upravo sam se oprostio od planine. To je bilo važno u mom duhovnom rastu i pridonijelo je mom znanju. Imat ću lijepe uspomene na to: njegov ugodan vrh gdje sam dovršio izazove, upoznao čuvara i gdje sam ušao u špilju. Ne mogu zaboraviti duha, mladu djevojku ili dijete, koje me sada prati. Bili su važni u cijelom procesu jer su me natjerali da razmislim i kritiziram sebe. Pridonijeli su mom poznavanju svijeta. Sada sam bio spreman za novi izazov. Vrijeme na planini je gotovo, pećina je također, i sada ću putovati natrag kroz vrijeme. Što me čeka? Hoću li imati mnogo avantura? Samo će vrijeme pokazati. Napustit ću vrh planine. Nosim sa sobom svoja očekivanja, torbu, svoje stvari i dječaka koji me ne pušta. Odozgo vidim ulicu i njezin sadržaj u selu Mimoso. Izgleda malo, ali mi je važno jer sam se tamo popeo na planinu, pobijedio u izazovima, ušao u špilju i upoznao čuvara, duha, mladu djevojku i dječaka. Sve ovo mi je bilo važno da postanem Gatara. Gatara, osoba koja je bila u stanju razumjeti najviše zbunjena srca i nadići vrijeme i udaljenost kako bi pomogla drugima. Odluka je donesena. Ja bih otišao.

Čvrsto uzimam djetetovu ruku i počinjem se koncentrirati. Hladan vjetar udari, sunce se malo zagrije i glasovi planine počnu djelovati. Onda na dnu čujem slab glas kako zove u pomoć. Fokusiram se na taj glas i počinjem koristiti svoje moći da ga pokušam pronaći. To je isti glas koji sam čuo u pećini očaja. To je glas žene. Mogu stvoriti krug svjetla oko sebe da nas zaštiti od utjecaja putovanja kroz vrijeme. Počinjem ubrzavati našu brzinu. Moramo postići brzinu svjetlosti da probijemo vremensku barijeru. Tlak zraka se malo po malo povećava. Osjećam vrtoglavicu, izgubljeno i zbunjeno. Na trenutak sam ušao u svjetove i avione paralelne s našima. Vidim nepravedna društva i tirane kao naše. Vidim svijet duhova i promatram kako oni rade u savršenom planiranju našeg svijeta. I ne samo to, vidim vatru, svjetlo, tamu i zavjese od dima. U međuvremenu, naša brzina ubrzava još više. Blizu smo prekoračenja brzine svjetlosti. Svijet se okreće i na trenutak se vidim u starom kineskom carstvu, kako radim na farmi. Još jedna sekunda prolazi, a ja sam u Japanu, poslužujem grickalice caru. Brzo mijenjam lokacije, i u ritualu sam, u Africi, na bogosluzju Bog. Nastavljam stalno proživljavati živote u sjećanju. Brzina se još više povećava, a za trenutak smo došli do ekstaze. Svijet se prestaje okretati, krug se raspušta, a mi padamo na zemlju. Putovanje u prošlost je bilo završeno.

Gdje sam?

Probudim se i shvatim da sam sama. Što se dogodilo Renatu? Je li moguće da nije preživio putovanje kroz vrijeme? Pa, to je sve što sam mogao zaključiti u tom trenutku. Čekati? Gdje sam? Ne poznajem ovo mjesto. Nema zemlje, nema neba i to je potpuni vakuum. Malo dalje od mjesta na kojem se nalazim, doživljavam susret ljudi u povorci, odjevenih u crno. Prilazim im da saznam o čemu se radi. Ne volim biti sama na nepoznatim mjestima. Nakon što sam se približio, shvatio sam da ovo nije baš procesija, već sprovod. Lijes stoji u samom središtu koje su zadobile tri osobe. Idem do jednog od ljudi koji su prisutni.

"Što se događa? Čiji je ovo pokop?

"Ono što je pokopano je vjera i nada tih ljudi.

"Što? Kako?

Bez mogućnosti da to shvatim, odlazim sa sprovoda. Što su ti luđaci radili? Koliko ja znam, pokopao si mrtve, a ne osjećaje. Vjera i nada nikada ne bi trebali biti pokopani čak i ako je to očajna situacija. Pokop nestaje u horizontu. Sunce se pojavljuje i na vrhu ravnice može se vidjeti intenzivno svjetlo. Svjetlo prodire i proždire cijelo moje biće. Zaboravljam sve nevolje, tuge i patnje. To je vizija Stvoritelja i osjećam se potpuno opušteno i samopouzdano u njegovoj nazočnosti. U ravnini ispod sjene, a s njim i zlih vrata. Vizija tame me ogorčila. Dvije odvojene ravnice predstavljaju "suprotstavljene sile" s kojima se čovjek neprestano suočava u svemiru. Ja sam na strani dobra i naporno ću raditi kako bih osigurao da će uvijek prevladati. Dvije ravnice nestaju iz moje vizije i samo prazan prostor ostaje sa mnom. Tlo se pojavljuje, plavo nebo sja i u trenu se probudim, kao da je sve ništa više od sna.

Prvi dojmovi

Pravo buđenje ostavlja me u dobrom humoru. Putovanje u vremenu čini se da je bilo uspješno. Pored mene, još uvijek spava, mislim da Renato izgleda kao da je stvarno uživao u putovanju. Gdje sam? Za nekoliko trenutaka, saznat ću. Pažljivo razmišljam o mjestu i izgleda poznato. Planine, vegetacija, topografija, sve je isto. Čekati. Nešto je drugačije. Čini se da selo više nije isto. Kuće koje sada postoje, šire se s jedne strane na drugu, ako se sastave u nizu, ne bi činio više od jedne ulice. Razumijem što se dogodilo: putovali smo u vremenu, ali ne u svemiru. Moram sići niz planinu da promatram sve ovo. Nadalje, prilazim Renatu i počinjem ga tresti. Ne smijemo gubiti vrijeme s kašnjenjem jer imamo točno trideset dana da pomognemo nekome koga još nisam ni upoznala. Renato se proteže i nevoljko počinje spuštati planinu sa mnom. Mislim da još nije prebolio bitku za putovanje kroz vrijeme. On je još uvijek dijete i treba moju njegu.

Spustili smo se dobrim dijelom rute i Mimoso se sve više približava. Već možemo vidjeti djecu kako se igraju na ulici, perilice sa svojim vrećama na obližnjoj brani, mlade ljude kako se druže na malom lokalnom trgu. Što nas čeka? Pitam se kome treba pomoć. Svi ovi odgovori bit će dobiveni u knjizi. Nešto se ističe na Mimoso nebu: Tamni oblaci ispunjavaju cijeli okoliš. Što to znači? Morat ću to saznati. Naši koraci se ubrzavaju, a mi smo oko 100 metara od sela. Na sjeveru je visok, elegantan i lijep dom. Mora služiti kao rezidencija za nekog važnog. Na zapadu se među kućama ističe crni dvorac. Zastrašujuće je samo po izgledu. Konačno stižemo. Nalazimo se u središnjoj regiji gdje se nalazi većina kuća. Moram naći hotel za odmor jer je put bio dug i naporan. Torbe su mi teške na rukama. Razgovaram s jednim od stanara koji mi kaže gdje ga mogu naći. Malo je južnije od mjesta gdje smo bili. Odlazimo tamo.

Hotel

Putovanje od mjesta gdje smo bili do hotela provedeno je mirno. Samo su nas malo promatrali ljudi koje smo upoznali. Među tim ljudima istaknule su se neke figure: žena sa šeširom u stilu Carmen Miranda, dječak s tragovima biča na leđima i tužna djevojka u pratnji tri snažna muškarca koji su izgledali kao njezini tjelohranitelji. Svi su se čudno ponašali kao da ovo selo nije obična zajednica. Mi smo ispred hotela. Izvana se može opisati ovako: Jednokatna rezidencija od opeke, površine oko 1600 četvornih metara s krovom u kućnom stilu, obrnutim krovom u obliku slova V. Prozor i ulazna vrata su drveni i prekriveni su otmjenim zavjesama. Postoji mali vrt, gdje raste cvijeće raznih vrsta. Ovo je bio jedini hotel u Mimoso, tako da smo obaviješteni. U susjedstvu, samo nekoliko metara dalje, bila je benzinska crpka. Pokušavao sam pronaći zvono, ali nisam mogao. Sjetio sam se da smo vjerojatno bili u davna vremena i osim toga bili smo na selu gdje napredak civilizacije još nije stigao. Rješenje, da se brine, bio je koristiti staru metodu vikanja koja budi čak i osvećene gluhe.

"Pozdrav! Ima li koga tamo?

Ubrzo, vrata škripe i tako se pojavljuje lik veličanstvene žene od oko šezdeset godina sa svijetlim očima i crvenom kosom. Bila je mršava, imala je isprane obraze i analizirajući svoje lica samo je malo uzrujana.

"Kakva je to buka u mojoj ustanovi? Zar se ne ponašaš pristojno?

"Žao mi je, ali to je bio jedini način da ti privučem pažnju. Jeste li vi vlasnik hotela? Trebat će nam smještaj za 30 dana. Platit ću vam velikodušno.

"Da, vlasnik sam ovog hotela više od trideset godina. Moje ime je Carmen. Imam samo jednu slobodnu sobu. Jeste li zainteresirani? Hotel nije luksuzan, ali nudi dobru hranu, prijatelje, redoviti smještaj i određenu obiteljsku vrstu okruženja.

"Da, prihvatit ćemo. Umorni smo jer smo dugo putovali. Udaljenost odavde do glavnog grada je oko 140 milja.

"Pa onda, soba je tvoja. Ugovorne osnove ćemo shvatiti kasnije. Dobrodošao. Dođite i opustite se. Učinite se kao kod kuće.

Prolazimo kroz vrt koji daje pristup ulazu. Dobar odmor i dobra hrana stvarno bi mogli oporaviti našu snagu. Ova dama koja nam je odgovorila i koju smo sada pratili bila je jako draga. Boravak u hotelu ne bi bio tako monoton. Kad je imala malo vremena mogli smo razgovarati i bolje se upoznati. Osim toga, morao sam saznati kome ću morati pomoći i koje izazove moram prevladati kako bih ponovno ujedinio "suprotstavljene snage". To je predstavljalo još jedan korak u mojoj evoluciji kao vidovnjaka.

Vrata otvara Carmen, a mi ulazimo u malu sobu s namještajem karakterističnim za sadašnje vrijeme i ukrašenim renesansnim slikama. Atmosfera mi je jako poznata. Sjedeći na klupi na desnoj strani, su tri osobe. Mladić, star oko dvadeset godina, vitkih, crnih očiju i kose i vrlo lijepog izgleda; Čovjek od četrdesetak godina, s dobrom tjelesnom strukturom, crnom kosom i smeđim očima, mladenačkim zrakom za njega i zanimljivim osmijehom; i stariji čovjek, tamnoput, kovrčave kose, s ozbiljnim stavom i izrazom lica. Carmen je gestikulirala da nas upozna:

"Ovo je moj suprug Gumercindo (ukazujući na starijeg čovjeka), a ovo su moji drugi gosti: Rivanio, (četrdesetogodišnjak), poznat je kao Vaninho, te je polaznik na željezničkoj stanici, Gomes (mladić), zaposlenik je poljoprivredne trgovine.

"Moje ime je Aldivan, a ovo je moj nećak Renato.

Sa prezentacijama, Carmen nas vodi u našu sobu. Prostrana je, lagana i prozračna. U njemu su dva kreveta, a to me čini opuštenijim. Sklonili smo torbe, smjestili se i u tom trenutku Carmen nas napušta. Malo ćemo se odmoriti, a kasnije ćemo večerati.

Večera

Nakon dobrog sna, budim se s obnovljenim silama. Ja sam u hotelskoj sobi zajedno s Renatom. Moja svijest me opterećuje kad shvatim da sam govorio laži. Nisam iz Recife, niti mi je Renato nećak. Međutim, bilo je najbolje. Još uvijek ne poznajem ljude s kojima sam se predstavio. Bolje je ostati u obrani jer povjerenje je nešto što zaradite. Kad bolje promislim, da kažem istinu, nazvali bi me ludim. Istina je da sam otišao na planinu tražeći svoje snove; Izveo sam tri izazova i ušao u strašnu špilju očaja. Izbjegavajući zamke i scenarije, postao sam gatara, i putovao sam kroz vrijeme tražeći nepoznato. Sada sam bio tamo u potrazi za odgovorima. Ustajem iz kreveta, probudim Renata, i zajedno idemo u blagovaonicu. Bili smo gladni jer nismo jeli oko šest sati.

Ušli smo u blagovaonicu, pozdravili se i sjeli. Gozba koja se poslužuje je raznolika i obično je sjeveroistočna: Kukuruzna zobena kaša s mlijekom ili gulaš od kukuruznog brašna s piletinom su opcije. Za desert postoji kolač od tijesta od manioke. Razgovor počinje i svi sudjeluju u njemu.

"Pa, g. Aldivan, čime se bavite i što vas dovodi na ovo malo mjesto? Ispitana Carmen.

"Ja sam novinar i novinarka uz učitelja matematike. Poslale su me novine da nađem dobru priču. Je li istina da ovo mjesto skriva duboke misterije?

"Pretpostavljam. Međutim, zabranjeno nam je govoriti o tome. U slučaju da niste znali, živimo po zakonima i redu carice Clemilda. Ona je moćna čarobnica koja koristi mračne sile kako bi kaznila one koji ne poslušaju. Budite na oprezu: ona može čuti sve.

Na trenutak sam se skoro ugušio hranom. Sada sam shvatio značenje tamnih oblaka. Ravnoteža "suprotstavljenih sila" je prekinuta. Ova zla žena je blokirala sunčeve zrake, njegovo čisto svjetlo. Ova situacija nije mogla dugo ostati takva, inače bi Mimoso mogao propasti zajedno sa svojim stanovnicima.

"Je li istina da novinari puno lažu? Pita Rivanio.

"To se ne događa, barem u mom slučaju. Pokušavam biti vjeran svojim uvjerenjima i vijestima. Pravi novinar je onaj koji je ozbiljan, etičan i strastven u svojoj profesiji.

"Jeste li u braku? Koji su vaši životni ciljevi? Carmen pita.

"Ne. Jednom mi je netko rekao da će mi Bog poslati nekoga. Trenutno sam usredotočena na svoje studije i na svoje snove. Ljubav će doći jednog dana, ako je to moja sudbina.

"Gospodine Gumercindo, recite mi za Mimoso.

"Kao što je moja žena rekla, gospodine, zabranjeno nam je govoriti o tragediji koja se ovdje dogodila prije nekoliko godina. Otkad je Clemilda počela vladati, naši životi nisu bili isti.

Emocije su nadvladali sve koji su bili u sobi. Suze su uporno curile niz lice Gumercindo. To je bilo lice siromaha koji je bio umoran od okrutne diktature ove čarobnice. Život je izgubio smisao za ove ljude. Sve što je ostalo je da umru s vrlo malo nade da će im netko pomoći.

"Smirite se, svi. Nije smak svijeta. Ovo stanje bića ne može dugo trajati. Suprotstavljene sile svijeta trebaju ostati u ravnoteži. Ne brini. Pomoći ću ti.

"Kako? Vještica ima moći nad ljudima. Njene pošasti su uništile mnoge živote. (Gomes)

"Sile dobra su također moćne. Oni su sposobni ponovno uspostaviti mir i sklad ovdje. Vjeruj mi.

Čini se da moje riječi nemaju željeni učinak. Razgovor se mijenja i ne mogu se koncentrirati na njega. Što su ti ljudi mislili? Bogu je stvarno bilo stalo do njih. Inače se ne bih spustio na planinu, suočio se s izazovima, prevladao špilju i upoznao čuvara. Sve je to bio znak da se stvari mogu promijeniti. Međutim, nisu znali. Strpljenje je bilo potrebno da ih uvjeri da mi kažu istinu, ili da mi barem pokažu način. Završavam večeru zajedno s Renatom. Ustajem sa stola, ispričavam se i idem spavati. Sljedeći dan će biti od vitalnog značaja u mojim planovima.

Šetnja kroz selo

Pojavit će se novi dan. Sunce izlazi, ptice pjevaju, a svježina jutarnjeg omota cijelu hotelsku sobu u kojoj se nalazimo. Budim se osjećajući se grozno. Renato je već budan. Istežem se, perem zube i tuširam se. Ono što sam čuo noć prije me malo zabrinjava. Kako je Mimoso mogla dominirati zla vještica? Pod kojim okolnostima? Misterija je bila previše duboka za mene. Kršćanstvo se provodilo u Americi u šesnaestom stoljeću i od tada je postalo vrhovno, obuzdavajući cijeli kontinent. Zašto je onda, baš tamo, usred ničega, zlo dominiralo? Morao sam saznati uzroke i razloge za to.

Izlazim iz sobe i odlazim u kuhinju na doručak. Stol je postavljen i mogu vidjeti neke dobrote: Tapioku i krumpir. Počinjem služiti sebi jer se osjećam kao kod kuće. Ostali gosti dolaze i ponašaju se slično. Nitko ne dira temu noći prije, a ni nitko se ne usuđuje. Carmen prilazi i nudi mi šalicu čaja. Prihvaćam. Čajevi su dobri za ublažavanje boli u srcu i podizanje duha. Razgovaram s njom.

"Možeš li naći nekoga da me vodi dok sam u Mimoso? Htio bih napraviti neke intervjue.

"To nije potrebno, draga moja. Mimozo nije ništa drugo nego selo.

"Bojim se da ste me krivo razumjeli. Želim nekoga tko je intiman s ljudima, nekoga kome mogu vjerovati.

"Pa, ne mogu jer imam mnogo dužnosti. Svi moji gosti rade. Imam ideju: potražiti Felipe, sina vlasnika Skladišta. Ima slobodnog vremena.

"Hvala na savjetu. Znam gdje se skladište nalazi u centru grada. Nazvat ću Renata i ići ćemo zajedno.

"Predivno. Želim vam sreću.

Zovem Renata koji je još uvijek u hotelskoj sobi. Isto tako, nadam se da će doručkovati, tako da možemo otići. Hoću li moći dobiti točne informacije o slučaju Mimoso? Jedva sam čekala da saznam. Renato završava svoj doručak; Pozdravimo se s Carmen i konačno odemo. Trg u blizini hotela prepun je mladih i djece. Mala djeca stoje i razgovaraju, a djeca se igraju. Promatram sva uzbuđenja dok prolazim. Skrenuo sam iza ugla prema centru grada i brzo stigao do skladišta. Čovjek od pedesetak godina je čuvar. Signaliziram čovjeku da dođe.

"Kako vam mogu pomoći?

"Tražim Felipe. Gdje je, molim vas?

"Felipe je moj sin. Na trenutak ću ga nazvati. On je u skladištu.

Čovjek odlazi i nedugo nakon povratka u pratnji mlade crvenokose, i dok je mršav izgrađen kao čovjek od oko sedamnaest godina.

"Ja sam Felipe. Što vam je trebalo?

"Carmen vas je preporučila meni. Trebam li me pratiti na nekim intervjuima. Moje ime je Aldivan, drago mi je što smo se upoznali.

"Naravno, moje zadovoljstvo, pratit ću vas. Imam slobodnog vremena. Možemo početi s ljekarnom koja je u susjedstvu. Vlasnik je poznavatelj mjesta, jer je ovdje od osnutka.

"Sjajno. Idemo.

U pratnji Renata i Felipe odlazim u Ljekarnu gdje ću obaviti svoj prvi intervju. Činjenica da nisam pravi novinar čini me malo nervoznim i tjeskobnim. Nadam se da ću biti dobar. Uostalom, popeo sam se na planinu, izveo tri izazova i prošao test špilje. Jednostavan intervju me neće srušiti. Po dolasku u ljekarnu, previše smo posjećeni. Upoznajemo se s vlasnikom. Tražim da ga intervjuiram, a on se slaže. Povlačimo se na prikladniju lokaciju gdje možemo biti sami i razgovarati. Počinjem intervju sramežljivo.

"Je li istina da ste jedan od najstarijih stanovnika, jedan od osnivača ovog mjesta?

"Da, i nemojte me zvati gospodine. Moje ime je Fabio. Mimozo se stvarno počeo isticati još od ugradnje željezničkog odjela. Napredak i moderna tehnologija stigli su 1909. godine s velikim zapadnim vlakovima. Britanski inženjeri Calander, Tolester i Thompson dizajnirali su tračnice željeznice, izgradili zgrade kolodvora i Mimoso je počeo rasti. Trgovina je provedena i Mimoso je postao jedno od najvećih skladišta u regiji, odmah iza Carabais. Mimozo je predodređen da raste, i zato sam ovdje.

"Je li život ovdje uvijek bio glatka ili je doživio tragične događaje?

"Da, bilo je. Barem do prije godinu dana. Od tada, nije bilo isto. Ljudi su tužni i izgubili su svu nadu. Živimo pod diktaturom. Porezno opterećenje je previsoko, nemamo slobodu govora i moramo svoje glasove dati skrivenim snagama. Religija je za nas postala sinonim za ugnjetavanje. Naši bogovi su okrutni bogovi koji žele krv i osvetu. Izgubili smo pravi kontakt s Bogom Ocem, Jednim i Jedinim.

"Pričaj mi o tome što se dogodilo prije godinu dana.

"Ne želim, a ne mogu ni govoriti o tragediji. To je vrlo bolno.

"Molim vas, trebam ovu informaciju.

"Ne. Moja obitelj bi patila da ti kažem. Duhovi mogu čuti sve i reći će Clemilda. Nisam mogao toliko riskirati.

Inzistiram, opet i opet, ali on postaje nepopustljiv. Strah ga je učinio kukavicom i maloumnim. Povlači se iz mjesta bez dodatnog objašnjenja. Sama sam, nemirna i puna pitanja. Zašto se toliko boje ove čarobnice? O kakvoj je tragediji govorio? Trebala mi je ta informacija da znam na kojem terenu stojim. Bio sam gatara, darovan darovima, ali to nije olakšalo stvar. Da ta Clemilda vlada mračnim silama, bila bi strašan protivnik. Crna magija može uhvatiti bilo koje ljudsko biće, čak. Sukob "suprotstavljenih sila" mogao bi uništiti svemir, a to je bila najudaljenija stvar od mog uma. Odmah je bio potreban oprez. Ono što mi je bilo jasno je da je ravnoteža "suprotstavljenih snaga" prekinuta i da je moja misija bila ponovno je ujediniti. Ali za to je bilo potrebno znati cijelu priču. Odlazim s tom mišlju. Nađem Renata i Felipe i odemo na nove razgovore. Nadalje, nadam se da ću uspjeti.

Totalno sam frustriran nakon intervjua. Nisam dobio sve potrebne informacije. Kakav sam novinar bio? Mislim da sam trebao uzeti tečaj novinarstva. Sve osobe s kojima sam razgovarao, pekar i kovač, ponovili su ono što sam već znao. Renato i Felipe me pokušavaju utješiti, ali ne mogu si oprostiti. Sada sam se izgubio, na kraju svijeta gdje civilizacija još nije stigla. Jedina informacija koju sam znao je da Mimoso vlada zla vještica. Vrisak koji sam čuo u pećini očaja još uvijek mi se vrtio u glavi. Tko je toliko trebao moju pomoć? Koncentrirao sam se na taj vapaj i, potpomognut svojim moćima, došao u Mimoso putem putovanja kroz vrijeme. Ciljevi ovog putovanja još mi nisu bili jasni. Čuvar je govorio o ponovnom ujedinjenju "suprotstavljenih snaga", ali nisam imao pojma kako to učiniti. Ono što sam znao je da još uvijek nisam imao potpunu kontrolu nad svojim "suprotstavljenim snagama" i to me još više uzne-mirilo. Pa, sada nije bilo vrijeme za obeshrabrenje. Još uvijek sam imao 28 dana da riješim ovo pitanje. Najbolje je bilo vratiti se u hotel i skupiti snagu, kako bi mi trebalo. Renato i Felipe su bili sa mnom i na putu smo se bolje upoznali. Oni su savršeni ljudi. Ne osjećam se tako usamljeno na ovom mjestu kojim dominiraju sile ispod i puno je misterija.

Crni dvorac

Mi smo treći dan nakon putovanja kroz vrijeme. Prethodni dan nije ostavio lijepe uspomene. Nakon intervjua, odlučio sam provesti ostatak dana u hotelu, pronalazeći sebe. To je bila moja polazna točka: naći se za rješavanje važnih pitanja. Renato mi još uvijek nije pomogao do sada. Mislim da je čuvar pogriješio što ga je poslao sa mnom. Uostalom, on je bio samo dijete i kao takav nije imao mnogo odgovornosti. Moja situacija je bila potpuno drugačija. Bio sam mladić od dvadeset i šest godina, administrativni asistent, s diplomom iz matematike i mnogim ciljevima. Nisam imao vremena razmišljati o ljubavi ili sebi jer sam bio na misiji, iako nisam točno znao što je to. Jedina sigurnost da sam bio da sam otišao na planinu, shvatio izazove, pronašao mladu djevojku, duha, dijete, i skrbnik i ja prošao testove unutar špilje. Postao sam Gatara, ali to nije bilo sve. Morao sam stalno prevladavati životne izazove. Pa, novi dan sviće, i sa novim nadama. Doručkujem, operem zube i oprostim se od Carmen. Prethodni dan probudio mi je novu ideju: intimno upoznati neprijatelja i ukrasti im informacije. To je bio jedini izlaz.

Izađem na ulicu i vidim igralište i svi sjede na klupama. Ponašaju se normalno kao da su u normalnoj zajednici. Oni su se uskladili. Ljudska bića se navikavaju na bilo što čak i u vrijeme propasti. Nastavljam hodati. Skrenem iza ugla, upoznam neke ljude, i ostanem čvrst u svojoj odlučnosti. Izazovi pećine pomogli su mi da izgubim strah od bilo kakvih okolnosti. Našao sam tri vrata koja predstavljaju strah, neuspjeh i sreću. Izabrao sam sreću i riješio se ostalih. Isto tako, bio sam spreman za nove izazove. Skrenem iza drugog ugla i dođem na zapadnu stranu sela. Pojavljuje se veliki dvorac. To je impozantna zgrada sastavljena od dva glavna tornja i sekundarnog tornja. Rezidencija je crno obojena cigla. Loš ukus, tipičan za negativca. Moje srce juri, a to čine i moji koraci. Budućnost Mimoso ovisila je o mom stavu. Nevini životi su bili u pitanju, i ne bih dopustio više nepravdi. Plješćem rukama, nadajući se da ću privući pažnju nekoga u kući. Robustan dječak, visok i tamnoput, izlazi iz kuće.

"Što ti je trebalo?

"Došao sam vidjeti Clemilda.

"Sada je zauzeta. Dođite drugi put.

"Pričekajte trenutak. To je važno. Ja sam novinar Dnevne novine, i došao sam napraviti specijalni izvještaj o njoj. Daj mi samo pet minuta.

"Novinari? Mislim da će joj se to svidjeti. Najavit ću vaš dolazak.

"Nema potrebe. Dopustite mi da pođem s vama.

Čovjek signalizira "da" i ja pokrećem brojne korake koji daju pristup ulaznim vratima. Drhtavica prolazi kroz moje tijelo i uporni glasovi me upozoravaju da ne ulazim. Mačka prolazi i treperi svojim žestokim kandžama. Molim iznutra da mi Bog da snagu da izdržim svaku situaciju. Dečko me prati, a mi ulazimo. Vrata daju pristup velikom, okićenom predsoblju ispunjenom bojama i životom. Na desnoj strani nalazi se pristup još tri komore. U središtu su slike svetaca s rogovima, lubanjama i drugim grešnim predmetima. Na lijevoj strani su čudne slike. Scenarij je strašan i ne mogu ga u potpunosti opisati. Negativne sile dominiraju mjestom i zavrtjelo mi se u glavi, jer je ovo sukob "suprotstavljenih snaga". Čovjek stane ispred jednog od odjeljaka i pokuca. Vrata se otvaraju, dim se diže i pojavljuje se debela, crna žena s jakim osobinama, stara oko četrdeset godina.

"Čemu dugujem čast gatara a osobno koji me dolazi posjetiti?

Signalizira čovjeku da nestane. Potpuno sam zbunjen njenim stavom. Kako me je poznavala? Je li moguće da je znala za planinu i pećinu? Kakve je čudne moći ta žena posjedovala? Ovo i mnoga druga pitanja prošla su mi kroz glavu u tom trenutku.

"Vidim da me poznaješ. Onda bi trebao znati zašto sam došao ovdje. Želim znati o tragediji i kako ste dominirali nad tako mirnim mjestom.

"Tragedija? Kakva tragedija? Ovdje se ništa nije dogodilo. Samo sam malo modificirao mjesto da postane ugodnije. Ljudi sa svojom lažnom srećom... I krenuli su mi na živce i odlučio sam to promijeniti. Mimozo je postao moje vlasništvo i čak ni ti ne možeš ništa učiniti u vezi toga. Tvoje vidovnjačke moći nisu ništa u usporedbi s mojima.

"Svaki zlikovac je samodopadan i ponosan. Oboje znamo da se ova situacija ne može dugo nastaviti. "Suprotstavljene sile" moraju ostati u ravnoteži u cijelom svemiru. Dobro i zlo ne mogu se suprotstaviti jedni drugima jer je inače svemir u opasnosti da nestane.

"Ne brinem se za svemir ili njegove ljude! Oni su samo insekti. Mimoso je moja domena, i moraš to poštovati. Ako mi se suprotstavite, patit ćete. Samo moram spomenuti jednu riječ bojniku, i uhitit ću te.

"Prijetite li mi? Ne bojim se prijetnji. Ja sam gatara koji se popeo na planinu, završio tri izazova i pobijedio špiljski.

"Izlazi odavde, prije nego što te skuham u kotlu. Dosta mi je tvoje vrline. Gadi mi se.

"Otići ću, ali ćemo se opet sresti. Dobro uvijek prevladava na kraju.

Brzo je ostavim i odem do vrata. Dok odlazim, još uvijek čujem njene šale. Prilično je ljuta. Moja pitanja ostaju neodgovorena, a ja ostajem besciljna i bez ikakvih znakova. Sastanak s Clemilda nije ispunio moj cilj.

Ruševine kapele

Po izlasku iz crnog dvorca, odlučio sam krenuti drugim putem. Želim vidjeti još malo grada i njegovih ljudi. Hodajući prema istoku, nađem neke i pokušam razgovarati. Međutim, izbjegavaju me. Njihovo nepovjerenje je još veće jer sam nepoznati, mladi novinar. Ne znaju moje prave namjere. Želim spasiti Mimoso, pronaći osobu koju tražim i ujediniti "suprotstavljene snage" kao što je čuvar tražio od mene. Ali za to je bilo potrebno posuditi malo iz povijesti mjesta i točno poznavati sve moje neprijatelje. Sve bih to morao saznati što je prije moguće jer sam imao rok koji sam morao ispoštovati. Uspon na planinu, izazovi, špilja, sve je to bilo nužno znanje da znam kakav je život i kako ga ljudi žive. Bilo je vrijeme da se to stavi u djelo. Okrenem se iza ugla i nekoliko metara naprijed naiđem na hrpu ruševina. Razmišljam o nedostatku organizacije mjesta i njegovih ljudi. Smeće slobodno pluta među društvom i može prenositi bolesti i služiti kao rasadnik životinja i insekata; To je bilo štetno za čovjeka. Približim se za bolji pogled na nes-reću mjesta. Čekati. Nešto je drugačije u ovom smeću. Polu-iskopano, vidim ogromno drveno raspelo kao da je iz kapelice. Bolje pomičem smeće i jasno vidim: to je raspelo. Nakon što ga dotaknem, val topline teče kroz cijelo moje tijelo i počinjem imati vizije. Vidim krv, patnju i bol. Na trenutak se nađem na toj lokaciji, sudjelujući u događajima iz prošlosti. Skidam ruku s raspela. Nisam još spreman. Nadalje, treba mi vremena da upijam sve što sam osjetio u manje od tri sekunde. Križ nekako povećava moje moći, i počinjem osjećati djelovanje sile koja se protivi mojoj.

Narudžba

Moj posjet strašnoj, mračnoj čarobnici po imenu Clemilda nije je ostavio sretnom. Nikad joj nisu proturječili. Njezina domena nad za-jednicom Mimoso bila je potpuno neograničena. Međutim, nije brojala na temelju dobra, šaljući me na putovanje natrag u vrijeme do mjesta. Odmah nakon mog odlaska iz dvorca, ujedinila se sa svojim slugama,

Totonho i Cleide, i konzultirali su okultne snage. Ušli su u lijevi odjeljak koji se nalazio u hodniku i uzeli, kao žrtvu, malu svinju. Vještica je uzela knjigu i počela recitirati sotonističke molitve na drugom jeziku, a ona i njezini pajdaši počeli su žrtvovati jadnu životinju. Trag krvi ispunio je odjeljak, a negativne sile počele su se koncentrirati. Prirodna rasvjeta područja bila je prigušena, a čarobnica je počela ludo vrištati. U kratkom vremenu, tama je preuzela ograđeni prostor i kroz ogledalo su se otvorila vrata komunikacije između dva svijeta. Clemilda je nastupala s poštovanjem prema svom Gospodinu i počela se pozivati na njega. Ona je bila jedina na tom imanju koja je imala tu sposobnost. Grešna proročica i njezin receptor bili su u punoj pričesti neko vrijeme. Ostali su samo gledali cijelu situaciju. Nakon sastanka, tama se raspršila, a mjesto se vratilo u početno stanje. Clemilda se vratila od utjecaja razgovora, nazvala svoje pomagače i rekla im:

"Raširite se po cijeloj zajednici sljedećim redoslijedom: Tko god, muškarac ili žena, da bilo kakvu informaciju čovjeku po imenu Gatara bit će strogo kažnjen. Njegova ili njezina smrt bit će tragična i označit će njihov prolaz u carstvo tame. Ovo je red kraljice Clemilda za sve Mimoso.

Clemilda sluge otišao ispuniti redoslijed objavljivanja vijesti stanovnicima sela, susjednim mjestima i na poljoprivrednim zemljištima.

Susret stanovnika

Uz naredbu koju je izdala Clemilda, stanovnici su bili još suzdržaniji po tom pitanju. Fabio, vlasnik ljekarne i predsjednik udruge vlasnika kuća, sazvao je hitan sastanak s glavnim čelnicima mjesta. Sastanak je zakazan u 10:00 u zgradi udruge u centru grada. Oni bi raspravljali o mom slučaju.

U dogovoreno vrijeme bila je ispunjena glavna dvorana zgrade. Prisutni su bili bojnik Quintino, delegat Pompeu, Osmar (poljoprivrednik), Sheco (vlasnik skladišta) i Otavio (vlasnik poljoprivredne trgovine), među ostalima. Fabio, predsjednik, započeo je sjednicu:

"Pa, prijatelji moji, kao što svi znate, Clemilda je jučer popodne izdala naredbu. Nitko ne bi trebao prosljeđivati nikakve informacije subjektu koji se zove "Gospodin" koji je odsjeo u hotelu. Vidim da je ta osoba vrlo opasna i da mora biti obuzdana. Čak je pokušao prikupiti neke informacije od mene, ali nije uspio. Htio je znati o tragediji.

"Gatara? Nisam čuo za tu osobu. Odakle on dolazi? Tko je on? Što će mu naše malo selo? (Pitao bojnika)

"Lako, bojnice. Još uvijek to ne znamo. Jedina informacija koju imamo je da je on tajanstveni autsajder. Moramo odlučiti što ćemo s njim. (Fabio)

"Čekajte malo, ljudi. Koliko ja znam, on nije kriminalac. Moj sin Felipe ga je pratio u šetnju do grada i rekao mi da je dobra, poštena osoba. (Sheco)

"Izgled može zavarati, sine. Ako je Clemilda položila ovu zapovijed na nas, onda je ovaj čovjek postao opasnost za nas. Morat ćemo ga protjerati što je prije moguće. (Otavio, BiH)

"Ako trebate moje usluge, ja sam na raspolaganju. (Pompej, delegat)

U sklopu se javlja manji poremećaj. Neki počinju protestirati. Pompej ustaje, savjetuje se s bojnikom i kaže:

"Uhitimo ovog čovjeka. U zatvoru ćemo postaviti sva potrebna pitanja o njemu.

Grupa se rastavlja sa naredbom da me uhiti. Je li moguće da sam bio kriminalac?

Odlučujući razgovor

Napuštam ruševine kapele i počinjem hodati prema hotelu. Moje šesto čulo mi govori da sam u opasnosti. Zapravo, otkad sam u Mimoso, uvijek me upozoravalo kamo idem. Selo kojim su dominirale mračne sile nije bio dobar izbor za odmor. Međutim, morao bih ispuniti obećanje dano čuvaru planine: ujediniti "suprotstavljene snage" i pomoći vlasniku tog vriska koji sam čuo u špilji očaja. Nikad ne bih mogao napustiti ovu misiju. Moji koraci se ubrzavaju, i uskoro stižem u hotel. Otvorim vrata, odem u kuhinju i nađem Carmen, moju posljednju nadu. Osjetio sam dovoljno hrabrosti i računao na ljubaznost da mi pomogne.

"Gospođo Carmen, moram razgovarati s vama, gospođo.

"Reci mi, Aldivan, što želiš?

"Želim znati sve o tragediji i povijesti Mimoso.

"Sine moj, ne mogu. Zar ne znaš najnovije? Clemilda je prijetila da će ubiti sve one koji ti daju informacije.

"Znam. Ona je zmija. Međutim, ako mi ne pomognete, Mimoso će još više potonuti i riskirati nestanak.

"Ne vjerujem u to. Pokvareni nikad ne propadaju. To je lekcija koju sam naučio otkad je počela vladati.

Tišina je prevladavala nekoliko trenutaka i shvatio sam da ako ne kažem istinu, neću imati odgovore. Moji otmičari su se pripremali za napad.

"Carmen, pažljivo slušaj što ću reći. Nisam ni novinar ni novinar. Ja sam vremenski putnik čija je misija vratiti ravnotežu koja je Mimoso toliko potrebna. Prije nego što sam došao ovdje, popeo sam se na planinu Ororubá; Izveo sam tri izazova, pronašao mladića, čuvara, duha i Renata. Prevladavajući izazove, stekao sam pravo ući u špilju očaja, špilju koja može ostvariti i najdublje snove. U pećini sam izbjegavao zamke i napredovao kroz scenarije koje nijedno drugo ljudsko biće nikada nije nadmašilo. Pećina me učinila gatara, bićem koje može nadići vrijeme i udaljenost kako bi riješilo pritužbe. Sa svojim novim moćima, uspio sam putovati kroz vrijeme i stići ovdje. Želim ujediniti "suprotstavljene snage", pomoći nekome koga ne poznajem i svrgnuti tiraniju ove zle vještice. Na kraju, moram znati sve i znati što si sposoban otkriti. Ti si dobra osoba i kao i ostali ovdje zaslužuješ biti slobodan kao što nas je Bog stvorio.

Carmen je sjela u stolicu i postala emotivna. Obilne suze klizile su joj ispod lica koje je bilo zrelo od patnje. Držao sam je za ruke i naše oči su se odmah susrele. Na trenutak sam se osjećala kao da sam u prisustvu svoje majke. Ustala je i tražila da je pratim. Stali smo ispred vrata.

"Odgovore koji su vam uvelike potrebni naći ćete upravo ovdje . To je ono što mogu učiniti za vas: pokazati vam put. Sretno!

Zahvaljujem joj i dajem joj blagoslovljeno raspelo. Ona se smije. Uđem u skladište, zatvorim vrata i naiđem na mnoštvo tiskanih novina. Gdje bi bila ta stvar koju tražim?

Vizija

Sjedim na jedinoj dostupnoj stolici, uzdržavam se na malom stolu i počinjem listati novine koje nađem. Svi su iz razdoblja 1909"1910. Čitam samo naslove, ali izgleda da nemaju puno veze s onim što tražim. Neki govore o Pesqueira i drugim općinama u regiji, ali pitanja koja se bave odnose se na pitanja zdravstva, obrazovanja i politike. Što zapravo tražim? Tragedija koja je uspjela uzdrmati ovo malo mjesto i učiniti ga poljem tame. Stalno listam novine, i čini mi se da će to biti zamoran i monoton zadatak. Zašto mi Carmen nije rekla direktno? Nisam li bio pouzdan? Bilo bi mnogo jednostavnije. Opet, sjećam se planine, izazova i špilje. Nije uvijek bio najjednostavniji način lakši, jasniji ili opipljiviji. Počinjem to shvaćati. Uostalom, bila je pod vlašću podle, okrutne i arogantne vještice. Pokazala mi je put, točno kako je rekla, i mislim da bi mi to bilo dovoljno za pobjedu, ostvarivanje ciljeva i sreću. Stalno listam novine i pokupim vrećicu onih iz 1910. Ako sam se dobro sjetio, to je bila godina tragedije, kao što me Fabio obavijestio u intervjuu. Počinjem čitati naslove i vijesti. Morao sam provjeriti sve mogućnosti.

Nakon sat vremena čitanja i ponovnog čitanja novina, nisam našao ništa što bi privuklo moju pažnju. Ruralne vijesti, sport i ostali dijelovi bili su sve što sam mogao pronaći. Nada koju sam imao da pronađem vijesti je bila u ovoj papirnatoj vrećici iz 1910. Čekati. Ako se ova tragedija doista dogodila, svakako bi trebala biti u novinama koje su bile posebno odvojene, jer je to bila tako velika vijest. Počinjem pretraživati ladice ormarića pored stola. Nalazim razne novine s različitim datumima. Jedan me pogađa: To je od dana 10. siječnja 1910. godine i ima sljedeći naslov: Christine, Mlado čudovište. Mislim da sam našao ono što sam tražio. Dodirujući novine, pogodi me hladan vjetar, srce mi lupa i poput putovanja kroz vrijeme doživljavam viziju ove povijesti.

Početak

Počelo je dvadeseto stoljeće, a time i pojava prvih pionira zemlje smještene zapadno od Pesqueira. Prvi koji su otišli bili su bojnik Quintino i njegov prijatelj Osmar, oboje podrijetlom iz države Alagoas i koji su prisvojili zemljišta koja su bila vlasništvo domorodaca. Domoroci su izbačeni, poniženi i ubijeni. Njih dvojica odlučili su da se neće trajno preseliti u regiju jer nije imala strukturu prikladnu za njih.

S vremenom su došli i drugi ljudi koji su puno toga raščistili za gradonačelnikov ured. Zemljište je darovano, a prve kuće izgrađene. Tako je nastalo naselje. Nagodba je privukla neke trgovce u regiji zainteresirane za širenje poslovanja. Otvoreno je skladište, benzinska postaja, trgovina prehrambenih proizvoda, ljekarna, hotel i poljoprivredna trgovina. Osnovna škola izgrađena je kako bi služila kao intelektualna osnova za opću populaciju. Mimozo se zatim preselio u kategoriju sela koja podliježe Pesqueira.

Željeznica

Od 1909. godine veliki zapadni vlakovi stigli su u Mimoso doneseći napredak i tehnologiju na mirno mjesto. Britanski inženjeri Calander, Tolester i Thompson bili su odgovorni za polaganje tračnica i izgradnju kolodvorskih zgrada. Europski utjecaj može se uočiti i u zidovima drugih zgrada urbanim područjima Mimoso.

Provedbom željeznice Mimoso (ime dolazi od Mimoso trave, vrlo česte u regiji) postao je središte komercijalne važnosti i regionalne političke važnosti. Strateški smješteno na granici zaleđa s divljinom, selo je konsolidirano kao točka dolaska i odlaska proizvoda iz mnogih općina Pernambuco, Paraíba i Alagoas. Osim željeznice, makadamski put koji povezuje Recife s divljinom prošao je točno u njegovom središtu, doprinoseći napretku mjesta.

Stanovništvo Mimoso formirali su u osnovi potomci obitelji podrijetlom Portugalski. Najmanje omiljeni dio stanovništva bili su potomci indijskog i afričkog podrijetla. Ljudi Mimoso mogu se okarakterizirati kao prijateljski i gostoljubivi ljudi.

Premještanje

Konsolidacijom provedbe željeznice i posljedičnim napretkom u Mimoso, tragači regije (poljoprivrednici, bojnik Quintino i Osmar) odlučili su se nastaniti na licu mjesta sa svim svojim obiteljima.

Bio je deseti dan veljače 1909. Vrijeme je bilo lijepo, vjetar je bio sjeveroistočni, a aspekt sela što je moguće normalniji. Na horizontu se pojavljuje vlak u režiji inženjera Roberta koji dovodi nove lokalne stanovnike iz Recife: bojnika Quintino, njegovu suprugu Helenu, njegovu jedinu kćer Christine i njihovu sluškinju Gerusa, crnkinju iz Bahia. Unutar vlaka, u putničkom prostoru, nemirna Christine se otkriva.

"Majko, izgleda da stižemo. Kakav će biti Mimoso? Hoće li mi se svidjeti?

"Šuti, dijete moje. Nemojte biti tako zabrinuti. Uskoro ćete saznati. Važno je da smo zajedno kao obitelj. Uskoro ćemo se smjestiti i sprijateljiti.

Bojnik promatra to dvoje i odlučuje se pridružiti razgovoru.

"Ne morate brinuti. Ništa vam neće nedostajati. Sagradio sam prekrasnu kuću smještenu u jednoj od zemalja koje posjedujem. Nalazi se pored sela. Zapamtite: Imat ćete punu slobodu da se povežete s ljudima naše društvene razine, ali ne želim da imate kontakt s nečistim ili žalosnim.

"To su predrasude, tata! U samostanu u kojem sam boravio tri godine, učili su me da poštujem svako ljudsko biće bez obzira na društvenu klasu, etničku pripadnost ili rasu, uvjerenje ili religiju. Vrijedni smo onoga što držimo u svojim srcima.

"Te časne sestre su odvojene od stvarnosti jer žive zatvorene. Nisam ti dopustiti da odeš tamo jer si se vratio s glavom punom gluposti. Ideje tvoje majke, koju više ne slušam.

"Uvijek sam sanjala da je postala časna sestra. Christine je za mene bila veliki dar od Boga. Naučio sam je svim propisima religije koje sam poznavao. Kad je napunila 15 godina, poslao sam je u samostan jer sam bio siguran u njen poziv. Međutim, tri godine kasnije, odustala je, i još uvijek jako boli. To je bilo jedno od najvećih razočarenja koje mi je ikada dala.

"To je bio tvoj san, majko, a ne moj. Postoje beskonačni načini služenja Bogu. Nije potrebno da budem časna sestra da ga razumijem i razumijem njegovu Volju.

"Naravno da ne! Organizirat ću joj dobar brak. Već imam neke ideje. Pa, sada nije vrijeme da otkrijem.

Vlak zviždi signalizirajući da će prestati. Selo se pojavljuje; Christine vidi sve ruralne aspekte mjesta kroz jedan od prozora. Srce joj se steže i osjeća lagani drhtavicu u tijelu. Njene misli ispunjavaju sumnjom s tim predosjećajem. Što ju je čekalo u Mimoso? Držite se nas, čitatelju.

Christine i Helen, sa svojim suknjama, istiskuju se kroz izlazna vrata vlaka. Bojniku se to ne sviđa. Četvorka izlazi i izaziva određenu iskru znatiželje od ostalih stanovnika. Ponašaju se s elegancijom i raskoši. Bojnik pozdravlja Rivanio iz ljubaznosti. Od tada odlaze u svoj dom, koji se nalazi na sjeveru sela.

Dolazak u bungalov

Christine, bojnik, Helena i Gerusa stižu u svoj novi dom. To je kuća od cigle i žbuke, bungalova, oko 1600 četvornih metara (1,49 a) izgrađenog prostora, koja je okružena vrtom voćaka. Unutra se nalaze dva dnevna boravka, četiri spavaće sobe, kuhinja, praonica rublja i kupaonica. Izvana se nalaze sobarice sa sobom i kupaonicom. Četvorka hoda u tišini dok bojnik ne progovori.

"Pa, evo ga, naša kuća koju sam sagradio prije nekoliko mjeseci. Nadam se da će vam se svidjeti. Prostrana je i udobna.

"Izgleda vrlo impresivno. Mislim da ćemo biti sretni ovdje. (Helena)

"Također se nadam, unatoč predosjećaju koji sam upravo imao. (Christine)

"Predosjećaj je besmislica. Bit ćete sretni, kćeri moja. Ovo mjesto je lijepo, ispunjeno dobrim i gostoljubivim ljudima. (Bojnik)

Četvorka ulazi u kuću. Raspakiraju kofere i odmore se. Put je bio dug i naporan. Počevši od drugog dana, u potpunosti bi istražili mjesto.

Sastanak s gradonačelnikom

Nastaje novi dan i Mimozo se predstavlja aspektima svake ruralne zajednice. Poljoprivrednici izlaze iz svojih domova i pripremaju se za novi dan muke, to čine i trgovinski dužnosnici. Djeca prolaze s majkama u smjeru novoosnovane škole. Magarci normalno cirkuliraju noseći svoje terete i ljude. U međuvremenu, u prekrasnom bungalovu, bojnik se priprema za odlazak. Išao je na sastanak u Pesqueira, s gradonačelnikom. Helena nježno ispravlja jaknu.

"Ovaj sastanak je presudan za mene, ženo. Važni gospodari zemlje će biti tamo, kao što je pukovnik Carabais. Moram potvrditi svoje mjesto nad Mimoso.

"Bit ćete dobri, jer ste jedini na ovom mjestu s činom bojnika u Nacionalnoj gardi. Bila je dobra ideja kupiti tu poziciju.

"Naravno, bilo je. Ja sam čovjek vizije i strategije. Otkad sam napustio Alagoas i došao ovdje, imao sam samo pobjede.

"Ne zaboravite pitati za mjesto za našu kćer Christine. Radila je malo ili ništa. Obrazovanje koje je dobila u samostanu dovoljno joj je za obavljanje bilo kakvih dužnosti.

"Ne morate brinuti. Znat ću kako ga uvjeriti. Naša kći je inteligentna i zaslužuje dobar posao. Pa, moram ići. Mislim da bi bilo bolje da ne zakasnim na sastanak.

Poljupcem se bojnik oprašta od svoje supruge Helene. Hoda prema vratima, otvara ih i odlazi. Njegove misli koncentriraju se na argumente koje će koristiti na saslušanju. Razmišlja o moći, slavi i društvenoj bogatstvo koju će mu dati njegov čin bojnika. On sanja velike snove. Nadalje, sanja o tome da postane guvernerov prijatelj i time dobije više usluga. Uostalom, sve što mu je bilo važno bila je moć i budućnost njegove kćeri, naravno. Drugi su postali obični pijuni u njegovoj igri. Ako ubrza, za pet minuta vlak za Pesqueira će krenuti. Na trenutak skreće pozornost na siromašne ljude koje vidi na putu. Žali zbog toga i okreće lice na drugu stranu. Bojnik se ne može družiti sa svima, misli. Najskromniji i isključeni, za njega, računaju se samo u vrijeme izbora. Kada taj trenutak prođe, oni gube svoju vrijednost i nakon toga, bojnik ne obraća više pozornosti na njihove zahtjeve ili potrebe. Siromašni, pod kontrolom pukovnika, su neobrazovani i dali su ostavke. Bojnik nastavlja hodati i približava se željezničkoj stanici. Kad stigne, brzo kupuje kartu i daske.

U vlaku traži najbolje sjedalo i počinje se sjećati svog djetinjstva. Bio je siromašan dječak, iz predgrađa Maceió, koji je radio kao prodavač slatkiša. Sjeća se poniženja i kazni od strane oca i borbi sa starijom braćom. To su bila vremena koja je želio zaboraviti, ali sjećanje mu je tvrdoglavo odbijalo prestati ga podsjećati. Najsnažnije sjećanje mu je na borbu s maćehom i na nož kojim ju je držao da je ubije. Krv šiklja, vrišti, plače, a on koji bježi od kuće nakon čina pada na pamet. On postaje prosjak i ubrzo nakon toga upoznaje se s drogama, alkoholizmom i delinkvencijom. Tone u taj svijet oko pet godina dok se jednog dana ne pojavi pobožna žena i usvoji ga. Nadalje, on raste, postaje muškarac i upoznaje Helenu, farmerovu kćer, s kojom se ženi. Negdje poslije imaju svoju prvu i jedinu kćer, Christine. Sele se u Recife. Kupuje čin bojnika Nacionalne garde i putuje duboko u unutrašnjost tražeći zemlju. Osvaja sve od zapadne strane pa sve do Pesqueira. Isto tako, on preuzima zemlju i postaje uvjerljiv čovjek koji je poznat i poštovan. Osjećao se kao veliki čovjek u svakom pogledu. Život ga je naučio da bude jak, proračunat i osvajač. Koristio bi svo to oružje da postigne svoje ciljeve. Još uvijek u vlaku, primjećuje, odmah iza njega, ženu s djetetom u krilu. Sjeća se Christine i njene nevinosti i slatkoće kad je bila mala. Sjeća se i rođendanskog poklona koji je poklonio Christine, krpenoj lutki. Isto tako, on joj daje sadašnjost; zagrli ga i naziva dragim ocem. Postane emocionalan, ali ne može plakati jer muškarci to ne mogu raditi u javnosti. Njegova mala Christine sada je bila lijepa i atraktivna mlada dama. On bi trebao organizirati dobar brak i neke dužnosti za nju. Razmišljajući o tome, zaspao je u obnavljajuće drijemežu. Vlak se ljulja: budi se i pita svoj džepni sat da vidi koliko je sati. Napominje kako je to blizu vremena sastanka. Vlak ubrzava; Pesqueira dolazi na vidjelo, a njegovo srce smiruje. Njegov um je sada koncentriran na sastanak, i razmišlja o susretu sa svojim prijateljima farmerima. Vlak signalizira da će stati, a bojnik će ubrzati svoj put van. Život je zahtijevao žrtve, a on je to znao više nego itko drugi. Vrijeme tijekom djetinjstva i njegova životna iskustva kvalificirali su ga još više. Vlak se konačno zaustavlja, a on juri prema gradskom političkom stožeru.

Sada je 8:00 ujutro i gigantska zgrada je već popunjena. Bojnik ulazi, pozdravlja ljude koje poznaje i sjedi na jednom od prednjih sjedala rezerviranih za njega. Sjednica još nije započela. U cijelom glavnom stožeru čuje se glasan reket. Neki se žale na kašnjenje, drugi na svoje rođake koji se nisu mogli svi uklopiti u ured gradonačelnika. Upravitelj zgrade uzalud pokušava kontrolirati situaciju. Konačno, gradonačelnikova tajnica dolazi, traži šutnju i svi se pokoravaju. On najavljuje:

"Njegova Ekselencija, gradonačelnik Horacio Barbosa, obratit će vam se sada.

Gradonačelnik ulazi, ispravlja odjeću i priprema se održati govor.

"Dobro jutro, dragi moji sunarodnjaci. S velikim zadovoljstvom vam želim dobrodošlicu na ovo mjesto koje predstavlja snagu i snagu naše općine. S velikom radošću sam vas pozvao ovdje da malo porazgovarate o našoj općini i osnaživanju političkih predstavnika Mimoso i Carabais. Naša općina puno raste u komercijalnom sektoru i poljoprivredi. Na granici divljine sa zaleđem, imamo Mimoso kao glavnu trgovačku postaju. Imamo vašeg političkog predstavnika, bojnika Quintino, prisutnog ovdje. U zaleđu imamo Carabais, a svojom poznatom poljoprivredom uspio je donijeti mnoge dividende za grad. Pukovnik Carabais, g. Soares, je također ovdje. Turizam naše općine razvija se i nakon uspostave pruge. Kao što vidite, naša općina raste. . . . . Na kraju vam želim predstaviti g. Soares i g. Quintino. Aplaudirajmo im.

Skupština stoji i plješće im obojici.

"Sa svojim autoritetom gradonačelnika, proglašavam vas zapovjednicima vaših lokaliteta. Vaša je funkcija vladati, željeznom šakom, interesima javnosti, nadgledati naplatu poreza i održavati zakon i pravdu u skladu s našim interesima. Obećavam da ću ti pomoći u svakom pogledu.

Quintino signalizira gradonačelniku i obojica se povlače s podija. Imali bi privatan razgovor. Njih dvoje ulaze u zabranjenu sobu.

"Pa, Vaša Ekselencije, tražio sam trenutak vašeg vremena jer imam dva pitanja koja moram promisliti s vama. Prvo, želim veći postotak od naplate poreza. Drugo, posao za moju kćer, Christine. Kao što znate, Mimoso je postao trgovačko mjesto od velike važnosti nakon željeznice i time se dobit prefekture proporcionalno povećala. Želim tada postati jači i moćniji i tko zna, čak i biti vaš nasljednik. Osim toga, želim dobar posao i dobru plaću za svoju kćer, Christine. Bila je prilično... statični u posljednje vrijeme.

"Što se tiče profita, vaše pitanje postaje nemoguće. Grad ima mnogo troškova, a moja administracija je transparentna i ozbiljna. Osobno, ne mogu ništa učiniti. Što se tiče posla, tko zna, mogu joj dati mjesto učitelja.

"Kako je tako? Vaša administracija je transparentna i ozbiljna? Korupcija je ovdje zloglasna! Dobro zapamti da sam podržao vašeg guvernera i dao mu znatan postotak glasova. Ako mi ne daš ono što tražim, podrška je isključena.

Gradonačelnik je šutio, razmišljao i razmišljao o svom uredu. Bacio je oko na Quintino i komentirao.

"Stvarno si užasna. Ne želim biti jedan od tvojih neprijatelja. Dobro. Povećat ću vaš postotak i dati mjesto poreznika vašoj kćeri. Kako to?

Blagi osmijeh ispunio je lice bojnikom Quintino. Njegovi argumenti su bili dovoljni da uvjere gradonačelnika. Stvarno je bio pobjednik i ratnik.

"Vrlo dobro. Prihvaćam. Hvala vam na razumijevanju, Vaša Ekselencije.

Quintino se oprostio i povukao iz sobe. Sastanak je prekinut i svi su se povukli iz dvorane.

Sastanak poljoprivrednika

Nakon završetka saslušanja, glavna "Gospoda" grada Pesqueira okupljaju se u baru blizu mjesta gdje su bili. Među njima su pukovnik Sanharó (g. Goncalves), pukovnik Carabais (g. Soares) i bojnik Quintino iz Mimoso. Veselo govore o moći, snazi i prestižu.

"Provedba željeznice bila je adut vlade. To je potaknulo proizvodnju i marketing našeg bogatstva. Pesqueira već ističe na državnoj razini. Njegovi okruzi postali su referencirani u mnogim žanrovima. Mimozo je, na primjer, postao ključno komercijalno strateško mjesto. Već vidim sve prednosti koje ću moći iskoristiti u ovoj situaciji. Bogatstvo, društvena razmetljivost, politička moć i neograničeno zapovjedništvo. Moji neprijatelji neće imati predaha, jer ću se nositi s njima željezom i vatrom. Moj tim je već spreman za pobunjenike. (Bojnik Quintino)

"Što se tiče Carabais, željeznica nije utjecala na naše financije samo zato što ne presiječe naš okrug. Vladini tehničari su smatrali prikladnim da ga preusmjere neposredno prije ulaska u selo. Tlo nije bilo prikladno za razmještaj tračnica. Naš okrug je, međutim, važno poljoprivredno središte. Naši proizvodi se izvoze u susjedne države. Kao pukovnik, dominiram regijom i poštovan sam. Oni koji su moji neprijatelji neće dugo preživjeti.

"Uspostava željeznice u Sanharó bila je važna, ali ne i jedini izvor prihoda. Poljoprivreda je jaka, a mi se ističemo na državnoj razini. Naše mlijeko i meso su prvoklasni i daju nam dobre prinose. Što se tiče mojih neprijatelja, ja se prema njima odnosim na isti način kao i vi. Moramo zadržati moć pukovnika sustava.

"To je istina. Ovaj sustav treba održavati za naše dobro. Namještanje glasova, prijevara, mreža usluga... sve nam to koristi. Naša moć i naša snaga dolaze od mučenja, pritiska i zastrašivanja. Brazil je ovo: velika struktura moći u kojoj preživljavaju samo najjači. Od jugoistoka, gdje dominiraju bogati uzgajivači kave, do sjeveroistočnih dijelova koje vode pukovnici, sustav je isti. Mijenjaju se samo imena i situacije. Moramo ušutkati ljude i dati ostavku, jer je to najbolje za naše ambicije i ciljeve. (Bojnik)

"U potpunosti se slažem i da bi ljudi bili tihi i ugodni potrebno je održavati naša djela okrutnosti, ugnjetavanja i autoritarizma. Ljudi bi nas se trebali bojati. Inače gubimo poštovanje i naše beneficije. Svijet je nepravedan i trebamo biti dio malog dijela stanovništva koje je pobjednik. Za pobjedu je potrebno ubiti, poniziti i srušiti propise i vrijednosti i to ćemo učiniti.

Razgovor se nastavlja uzbuđeno o ženama, hobijima i drugim stvarima. Provedu skoro dva sata razgovarajući. Bojnik Quintino ustaje, oprašta se od ostalih i odlazi. Vlak koji ide za Pesqueira u Mimoso uskoro je krenuo.

Povratak kući

Bojnik juri natrag prema Pesqueira željezničkoj stanici. Vlak je nepomičan čekajući točan trenutak za polazak. Ode do blagajne, kupi kartu, ostavi napojnicu i krene prema vlaku. Ukrcava se, žali se na kašnjenje kolekcionara da mu služi i sjedne. Vlak signalizira da odlazi i glavni se usredotočuje na njegove planove. Sebe vidi kao gradonačelnika Pesqueira, desnu ruku guvernera i djeda najmanje petero unučadi. Christine djeca sa zetom koje bi on izabrao. Uostalom, čovjek se postiže samo ako se može oženiti svojom djecom. Vlak odlazi i ide sa sobom na bojnika snova.

Ritam vlaka je prilično pravilan. Putnici sjede mirno i udobno. Zaposlenik putnicima nudi sokove i grickalice. Bojnik uzima užinu, žvače i zamišlja koliko je dobar okus pobjede i uspjeha. Otišao je na sastanak i vratio se s provedenim planovima. Imao bi pravo na veći postotak poreza i dobar posao za svoju kćer. Što bi još mogao poželjeti? Bio je spreman čovjek, sretan u braku i imao je prekrasnu kćer. Imao je čin bojnika Nacionalne garde, koji je kupio, i to mu je dalo pravo da politički dominira Mimoso. Jedina stvar koja bi ga učinila sretnijim bila bi da je pukovnik, guvernerova desna ruka, i oženio svoju kćer idealnim zetom. To bi se dogodilo. Vrijeme prolazi i vlak se približava gradiću Mimoso, njegovom izbornom koralu. Želio je priopćiti vijest dvjema ženama u svom životu. Srce mu ubrzava, a hladan vjetar udara u njegovo tijelo dok odjednom vlak mijenja tempo. Vjerojatno nije ništa, misli sam sebi. Ritam vlaka se vraća u normalu, a on se smiruje. Mimozo se približava sve bliže i bliže. Na trenutak misli da bi svijet mogao biti pravedniji i da bi svi trebali biti pobjednici, baš kao što je on bio. Pokušava odstupiti od te misli. Od djetinjstva je naučio kakav je život i znao je da se neće promijeniti iz minute u minutu. Nadalje, još uvijek je nosio oznake svoje patnje: očeve kazne, borba sa starijom braćom, ubojstvo koje je počinio. Njegov mozak je čuvao ta sjećanja netaknuta iz tog doba. Da može, bacio bi ta sjećanja u smeće, daleko, daleko. Vlak zviždi, signalizirajući da će prestati. Putnici popravljaju kosu i odjeću. Vlak prolazi, uključujući i bojnika. Dolazak je opušten, a on je sav nasmijan. Uostalom, vratio se iz Pesqueira kao pobjednik.

Objava

Po izlasku iz vlaka, bojnik odlazi na stanicu, pozdravlja Rivanio i pita je li sve u redu. On odgovara da i bojnik se oprašta i odlazi u svoju kuću. Usput upoznaje neke ljude, a oni govore o obrazovanju. Žuri stepenicama i za nekoliko minuta je blizu svoje rezidencije. Po dolasku ulazi bez ceremonije i pronalazi Gerusa kako čisti kuću i šalje je da nazove dvije žene u svom životu. Dolaze i grle ga i ljube. Bojnik traži da sjednu i odmah se pokoravaju.

"Upravo sam došao sa sastanka koji sam imao u Pesqueira, a vijesti ne mogu biti bolje. Prvo, dobit ću veći postotak poreza koje naplaćujem. Drugo, dobio sam posao poreznika za moju voljenu kćer Christine. Što misliš?

"Senzacionalno. Ponosna sam što sam žena čovjeka s pravim karakterom kao što si ti. Postat ćemo bogatiji i moćniji kako vrijeme bude odmicalo.

"Sretan sam zbog tebe, tata. Zar ne misliš da je posao poreznika malo muževan za mene?

"Zar nisi sretna, kćeri? To je sjajan posao i uz odgovarajuću naknadu. Mislim da to nije muški posao. To je pozicija visokog povjerenja koju samo vi možete izvesti.

"Naravno, to je sjajan posao. Kao njena majka, odobravam bezrezervno.

"OK. Uvjerili ste me. Kada počinjem?

"Sutra. Vaša je funkcija nadzirati i provoditi službenog poreznika, Claudio, sina Paula Pereira, vlasnika benzinske postaje. On je odgovoran i iskren, ali kao da priča kaže da prilika čini čovjeka.

"Mislim da će to biti dobro za mene. To je sjajna prilika da upoznaš ljude i sprijateljiš se.

Bojnik odlazi u mirovinu i ide se okupati. Christine se vraća pletenju koje je radila prije nego što joj je otac stigao, a Helena ide davati naredbe kuhinjskoj sluškinji. Sljedeći dan bi joj bio prvi dan na poslu.

Prvi dan rada

Novi dan počinje. Sunce sja, ptice pjevaju, a jutarnji povjetarac obavija bungalov. Christine se upravo probudila nakon dubokog i revitalizirajući sna. San koji je imala noć prije ostavio ju je duboko zaintrigiranom. Sanjala je samostan i časne sestre, kojima se uči diviti tijekom tri godine svog života posvećenog religiji. Sudjelovali su na njenom vjenčanju. Što je to značilo? To nije bilo u njenim planovima da se uda u to vrijeme. Bila je mlada, slobodna i puna planova. Njen osjećaj samozaštite je zavapio u njoj. Ne, stvarno nije bila spremna za brak. Tiho se proteže u svom krevetu i gleda u to vrijeme. Bilo je blizu 6:30 ujutro. Ustaje, zijeva i ide u kupaonicu apartmana. Ona ulazi, pali slavinu, a hladna voda je nosi u samostanska vremena. Nadalje, sjeća se vrtlara koji je tamo radio i njegovog sina, koji ju je očarao. Počeli su romantične igre i zajedno šetali i ni u kojem trenutku nije otkrila da je zaljubljena. Njezin kontakt nastavio se s vrtlarovim sinom, ali jednog dana jedna od časnih sestara uhvatila ih je kako se ljube. Majka Superior je konzultirana, Christine torbe su spakirane, i izbačena je iz samostana. Na današnji dan osjetila je veliko olakšanje. Olakšanje da više ne laže sebi ili samom životu. Kontakt s vrtlarovim sinom je raspušten; Zaboravi ga i ode kući. Majka i otac dočekuju je kod kuće s iznenađenjem. Razočarala je majku i dala novu nadu svom ocu, koji ju je želio vidjeti u braku s djecom.

Vrijeme je prolazilo i od tada se nije zaljubila. Naučila je plesti i ornament kako bi bolje prošlo vrijeme. Sada je bila zaposlena kao poreznik po utjecaju svog oca. Osjećala se tjeskobno i nervozno zbog novonastale situacije. Isključuje hladnu vodu, sapune i počinje zamišljati svog novog suradnika Claudio. Nadalje, ona slika visokog, plavog dječaka, punog tetovaža. Voli ono što vidi i nastavlja se kupati. Čisti svoje tijelo otprilike kao da iskaljuje nečistoće iz svoje duše. Isto tako, isključuje slavinu i stavlja dva ručnika: veći na tijelo i manji na glavu. Izašla je iz apartmana i otišla u kuhinju na doručak. Sjedi, servira si tortu i pozdravlja oca i majku. Bojnik počinje razgovarati.

"Jeste li uzbuđeni, kćeri moja? Nadam se da ćeš biti dobar prvog dana na poslu. Puno ćeš naučiti od Claudio. On je veliki poreznik.

"Da, jesam. Jedva čekam da dođem na posao jer pletenje i vez nisu zabavni kao što su nekad bili. Ovaj rad će mi dobro poslužiti iako mislim da je malo muževan.

"Opet, s ovim? Zar ne vidiš da si povrijedio oca ovim insinuacijama? On radi sve za tebe.

"Oprostite, oboje. Malo sam tvrdoglav s nekim idejama.

Christine završava doručak, oprašta se poljupcem u čelo svojih roditelja i odlazi do vrata. Otvorila ga je i krenula prema benzinskoj pumpi. Usput, sumnje je napadaju: Hoće li se taj Claudio ponašati kao pećinski čovjek? Hoće li je poštovati na poslu? Nije znala ništa o njemu osim da je Pereira sin i da ima dvije sestre: Fabianu i Patriciju. Nastavlja hodati i čim se približi benzinskoj postaji, osjeća se još tjeskobnije i nervoznije. I ne samo to, ona stane i malo diše. Inspiraciju traži u svemiru, prirodi i svom problematičnom srcu. Sjeća se lekcija koje je naučila u samostanu, časnih sestara i njihovog različitog načina gledanja na život. Bilo je to trogodišnje razdoblje duhovnog okupljanja koje se činilo da sada nema smisla. Bila je na mjestu upoznavanja novih ljudi, pokretanja novog zanata, i tko zna da li to ne bi promijenilo njezin način gledanja na ljude i život. To je ono što bi saznala kako je vrijeme prolazilo. Nastavlja hodati. Nova sila je osvježava i ispunjava joj biće i daje joj dodatni poticaj. Morala je biti hrabra, kao dok se suočavala s majkom nadređenom u svom samostanu i priznala istinu: da je bila potpuno zaljubljena. Spakirali su joj torbe, izbacili su je, i u tom trenutku se činilo kao da su joj skinuli ogromnu težinu s leđa. Preselila se iz glavnog grada i sada živi na kraju svijeta bez prijatelja i bez ikakve udobnosti. Morala bi se naviknuti na to. Prođe nekoliko minuta i ona se približi benzinskoj pumpi. Ona je samo nekoliko metara od njega. Popravlja kosu i odjeću kako bi ostavila dobar dojam. Isto tako, ona diše posljednji put, ulazi i predstavlja se.

"Ja sam Christine Matias, kći bojnika Quintino. Tražim Claudio, poreznika. Je li kod kuće?

"Moj sin je otišao na brzi zalogaj pojesti u restoranu ovdje u blizini. Poslat ću po njega. Ovo su moje kćeri Fabiana i Patricia, a ja sam g. Pereira.

Christine ih je dočekala s poljupcima u obraz.

"Dakle, ti si slavna Christine. Ne mogu vjerovati da te još nisam ni vidio. Često ostaješ unutra, a to nije dobro. Pa, od sada, možemo biti prijatelji i družiti se zajedno. (Fabiana, BiH)

"Veliko mi je zadovoljstvo upoznati vas. Ti, Fabiana i ja ćemo biti veliki prijatelji, možeš računati na to.

"Hvala vam. Također sam vrlo sretan što sam vas upoznao. Ne izlazim često jer moji roditelji kontroliraju. Misle da je majorova kći malo rezervirana. Previše su zaštitnički nastrojeni.

"Pa, to će se promijeniti. Smatrajte se dijelom naše bande. Mi smo najluđa djeca u kvartu. (Fabiana, BiH)

"Naša banda je sjajna. Svidjet će ti se biti dio toga. (Patricia)

"Hvala što ste me pozvali da budem dio vaše grupe. Mislim da mi nekoliko veza i prijatelja neće nauditi.

Razgovor se nastavio živahno neko vrijeme. Claudio tiho prilazi i suočava se s Christine. Oči im se zaključavaju i sada kao magija izgleda kao da samo njih dvoje postoje u cijelom svemiru. Srca oba ubrzana nakon susreta i unutarnja toplina putuju kroz oba tijela.

"Tata me pozvao ovdje. Misliš da si ti djevojka koja će me nadzirati? Pa, mislim da se neću osjećati tako neugodno.

Kompliment je ostavio Christine malo šokiranom. Nikad nije našla tako direktne muškarce.

"Moje ime je Christine; Ja sam kći bojnika. Ja sam tvoj novi partner na poslu. Možemo li početi? Radujem se tome.

"Da, naravno. Moje ime je Claudio. Došli smo na vrijeme da počnemo raditi. Prva komercijalna ustanova koju ćemo danas posjetiti je mesnica. Prošla su tri mjeseca da vlasnik nije platio porez i moramo ga pritisnuti zbog toga. Mislim da će vaša prisutnost pomoći.

"Idemo onda. Bilo mi je zadovoljstvo upoznati vas, Fabianu i Patriciju. Vidimo se kasnije.

Njih dvoje mašu rukama u oproštaju. Claudio i Christine odlaze zajedno prema mesnici. Christine misli se intimno uzdižu, i osjeća se kao budala što je toliko idolizirala Claudio. Nije bio onakav kakvog je zamišljala, ali je promiješao nešto u njoj. Osjećaj da ga je morala upoznati bio je nešto što nikad nije doživjela. Što je to bilo? Nije ga mogla definirati, ali bilo je nešto jako i trajno. Dva hoda jedan pored drugoga i Claudio pokušava započeti razgovor.

"Christine, pričaj mi malo o sebi. Ti si iz Recife, zar ne?

"Ne, živio sam u Recife deset godina. Ja sam iz Alagoas. Moje djetinjstvo je uglavnom provedeno tamo.

"Jeste li ikada imali dečka?

"Imao sam ga, ali to je bilo prije nekog vremena. Trebala sam biti časna sestra. Proveo sam tri godine svog života u samostanu pokušavajući pronaći smisao svog života. Kad sam shvatila da nemam zvanje, otišla sam i vratila se u kuću svojih roditelja.

"Bila bi velika šteta da si časna sestra, uz dužno poštovanje. Ništa protiv religije osim davanja sebe Bogu ne zahtijeva previše od osobe.

"Pa, to je sve prošlost. Moram se usredotočiti na svoj novi život i svoje dužnosti.

Razgovor iznenada prestaje i njih dvoje nastavljaju hodati. Dolazak i odlazak ljudi je konstantan u centru grada. Mimozo se nakon ugradnje željeznice pretvorio u regionalni trgovački centar. Ljudi su dolazili iz cijele regije kako bi posjetili i kupovali u njegovim trgovinama. Mesnica je u blizini, a Christine se jedva može suzdržati. Nije znala kako se ponašati. Uostalom, ona je bila kći bojnika i morala je biti primjer. Posao poreznika bi je puno razotkrio. Konačno, stižu i Claudio se obraća g. Helio, vlasniku trgovine.

"Gospodine Helio, došli smo ovdje da naplatimo od vas tri mjeseca poreza koje dugujete. Grad treba vaš doprinos za ulaganje u obrazovanje, zdravlje i sanitarne usluge. Obavljajte svoju dužnost kao građanin.

"Nisam li ti rekao da sam švorc? Posao ovdje nije bio dobar. Treba mi produženje plaćanja.

"Neću više prihvaćati izgovore i ako ne platite, imat ćete problema. Vidiš li ovu djevojku sa mnom? Ona je majorova kći. Nije zadovoljan tvojim nema plaćanja. Najbolje bi bilo da platite svoje dugove.

Helio je na trenutak pomislio što učiniti. Ukratko, pogleda Christine i uvjeri se da je ona kći bojnika. Otvori ladicu, uzme hrpu novca i plati. Obojica mu zahvaljuju i povlače se iz ustanove.

Jutro je proveo radeći. Njih dvojica posjećuju domove i tvrtke. Neki porezni obveznici odbijaju platiti potraživanje nedostatka kapitala. Christine se počinje diviti Claudio zbog njegove profesionalnosti i samopouzdanja. Jutro prolazi i dan je gotov. Njih dvoje se opraštaju i da će se vratiti na zajednički rad za petnaest dana.

Piknik

Sunce napreduje na horizontu i još se više zagrijava jer je iza podneva. Kretanje se smanjuje, poljoprivrednici dolaze s farme, perilice stižu sa svojim teretom koji su prale u rijeci Mimoso, državni službenici su pušteni, čipkari dobivaju pauzu na poslu i svatko može ručati. Christine se ne razlikuje od ostalih i trenutno se vraća kući. Ona dolazi, otvara vrata i odlazi u glavnu kuhinju. Roditelji su joj već prisutni, a Gerusa poslužuje ručak.

"Oprostite što nismo čekali da poslužite ručak, kćeri moja, ali stigao sam umoran i gladan jer sam bio na poslovnom sastanku. Promjena teme, kako je bio vaš prvi dan rada? (Bojnik)

"Nema potrebe za isprikom. Moj prvi dan rada bio je dug i naporan. Claudio i ja smo se borili da uvjerimo porezne obveznike da plate. Međutim, neki su postali čvrsti na svojim pozicijama. Sve u svemu, bio je to dobar radni dan jer sam puno naučio. Samo nisam siguran da želim ovo raditi do kraja života.

"Reci Claudio da želim detalje onih koji nisu platili. Ja sam bojnik i neću više tolerirati kašnjenja.

"Jeste li upoznali nekoga, kćeri? Steći prijatelje? (Helena)

"Da, nekoliko ljudi. Claudio sestre su prilično lijepe.

Gerusa poslužuje Christine i počinje jesti. Za to vrijeme je šutjela jer je tako odgojena. Gerusa se povukla iz kuhinje i uputila u svoje odaje izvan kuće. Ostale su tri glave kućanstva koje su jeli. Christine završava ručak, ustaje sa stola i oprašta se od roditelja s poljupcima u obraze. Ona odlazi na balkon kuće gdje je dobro prozračena i hladna kako bi mogla plesti. Ona uzima svoje niti i počinje pletenje. Kretanje njezinih okretnih ruku vodi je u tajanstvene svjetove gdje samo mašta može doprijeti. Vidi sebe kako izlazi s čovjekom s jakim, mišićavim ramenima i čvrstim stavom. Zamišlja svoje zaruke i kasniji brak. U tom trenutku, unutarnja tjeskoba je kažnjava i uznemiruje. Trenutak prolazi i ona sebe vidi kao majku troje prekrasne djece. U njezinoj mašti vrijeme brzo prolazi, a sebe vidi kao baku i prabaku. Smrt dolazi i ona se vidi u raju okružena anđelima i našim Gospodinom, Isusom Kristom. Njezine okretne ruke rade i na trenutak priznaje u tkanini da plete lice poznatog muškarca. Ona odmahuje glavom, i iluzija prolazi. Što joj se događalo? Je li bila luda, ili čak možda zaljubljena? Nije htjela vjerovati u tu mogućnost. Nastavlja raditi dok ne čuje da joj se ime izgovara nevjerojatnim intenzitetom. Vraća se na ulaz u vrt svoje kuće odakle je čula glas. Prepoznaje Fabianu, Patriciju i Claudio u pratnji još nekih mladih ljudi.

"Možemo li ući, Christine?

"Da, možete. Učinite se kao kod kuće.

Bilo je točno šest mladih ljudi koji su ušli u vrt kuće. Otišli su do pastorka koje su dale pristup balkonu i sastale se s Christine. Fabiana se pobrinula za upoznavanje nepoznatih prijatelja.

"Ovo je moj rođak Rafael, a ovo su moje prijateljice Talita i Marcela.

Christine ih je dočekala s poljupcima u obraz.

"Drago mi je što smo se upoznali. Ako ste Fabiana prijatelji, onda ste i moji prijatelji.

"Zadovoljstvo je sve moje. Claudio je govorio visoko o vama. (Rafael, BiH)

"Pa, Christine, došli smo ovdje da te pozovemo u lijepu šetnju do vrha planine Ororubá. Imat ćemo piknik na otvorenom. Kontakt s prirodom neophodan je kako bi se ljudi razvili i oslobodili svoje karme. (Claudio)

"Želiš li ići, Christine? Ti si unutra puno, a to nije dobro. (Fabiana, BiH)

"Inzistiramo. (Svi se ponavljaju)

"OK, ja ću ići. Uvjerili ste me. Čekaj samo minutu da kažem roditeljima.

Christine ulazi u kuću na trenutak, ali se uskoro vraća. Ponovno se sastaje s grupom i zajedno se slažu da odu na tajanstvenu planinu Ororubá, svetu planinu. Sedmorica počinju hodati. Christine promatra Claudio i zaključuje da je on tipičan seoski čovjek: snažan, samouvjeren i pun šarma. Prvi dan zajedničkog rada ostavili su dobar dojam, ali ona još uvijek nije znala što osjeća prema njemu. Znala je da je to jak i trajan osjećaj. Pa, piknik je bio prilika da ga bolje upoznam, ona misli. Sedam brzina i uskoro su u podnožju planine. Claudio, vođa grupe, staje i traži da svi učine isto.

"Važno je da se sada hidratacija kako kasnije ne bismo imali problema. Šetnja je duga i iscrpna. (Claudio)

"Čuo sam da je ova planina sveta i da ima čarobna svojstva. (Talita)

"To je istina. Legenda kaže da je tajanstveni šaman dao svoj život da spasi svoj narod. Od tada je planina Ororubá postala sveta. Također kažu da je duhovni predak imenovao čuvara planinskih stražara svim njegovim tajnama. (Fabiana)

"To nije sve. Na vrhu je veličanstvena špilja za koju se kaže da može ispuniti svaku želju. Sanjari iz cijelog svijeta traže da steknu svoja čuda. Međutim, koliko znamo, nitko ga nije preživio. (Patricia)

"Ove priče me čine nervoznim. Zar ne bi bilo bolje da se vratimo? (Christine)

"Ne brini, Christine. "To su samo priče. Čak i da je to istina, bio bih ovdje da te zaštitim. (Claudio)

"Claudio nije jedini. Također sam muškarac i spreman sam vam pomoći ako vam zatreba. (Rafael)

"Što je sa mnom? Nitko me ne štiti. Ja sam također dama u nevolji. Povrijeđena sam. (Marcela)

Rafael prilazi Marceli i grli je kao znak da se nema čega bojati. Svi pijte vodu i započnite šetnju. Christine napreduje malo dalje i stavlja se pored Claudio, naprijed. Osjećala se nesigurno nakon što je čula informacije o planini. Misli na planinu, čuvara i pećinu. Intimno se vidi kako ulazi u špilju i ostvaruje svoju najveću želju u tom trenutku. Također je bila sanjar poput mnogih koji su izgubili živote u pećini u potrazi za svojim snovima. Pa, bilo je potrebno držati noge na zemlji, u surovoj stvarnosti bila je kći bojnika i to joj je dosta ograničilo slobodu djelovanja u odnosu na prijatelje, ljubavi i želje. Komparativno, osjećala se slobodnije u samostanu nego sada. Claudio pomaže Christine da joj pomogne na putu prema gore jer vidi da se bori. Christine um se utrkuje i misli da bi bilo dobro imati prijatelja koji bi je podržavao i bio joj odan i iskren, prijatelj kao što je Claudio. Odmahuje glavom i pokušava odstupiti od misli. To je bilo nemoguće jer njen otac nije dopuštao ovakvo sjedinjenje. On je bio običan poreznik, a ona je bila kći bojnika. Živjeli su u potpuno različitim svjetovima. Grupa se još jednom zaustavlja kako bi se ponovno osvježila. Vrućina je jaka i malo je vjetra. Bili su na pola puta.

"Odavde je moguće vidjeti dobar dio Mimoso. Vidiš li Christine? To je tvoja kuća. (Claudio)

"Pogled odavde je stvarno privilegiran. Mislim da je vrh još zapanjujući. Sierra od Mimoso čak ni ne izgleda veliko iz ovog pogleda. (Christine)

"Mislim da je najbolje da nastavimo dalje. Nema smisla dugo ostati ovdje. (Fabiana)

"Također se slažem. Na taj način možemo potrajati duže na vrhu koji je najvažniji dio planine. (Rafael)

Većina se slaže oko nastavka šetnje. Nakon svega prošlo je 13 sati Christine se već osjećala pomalo umorno. Penjanje na planinu izuzetno je iscrpljujuće za svakoga tko nije navikao na to. Sjeća se stalnih izazova kojima je bila izložena u samostanu, ali ništa od toga nije bilo kao uspon na planinu za koju su svi govorili da je sveta. Skuplja snagu u dubinama svoje duše i jako se trudi kako nitko ne bi primijetio njezinu poteškoću. Claudio joj se smiješi i to je ispunjava snagom jer bi za njega nadmašila svaku prepreku. Ljubav, ta čudna moć, povezala je to dvoje čak i bez fizičkog kontakta. Za njega, ako bi imala priliku, suočila bi se s čuvarom i ušla u špilju kako bi ostvarila svoj san da mu se pridruži tijekom vremena kada su morali biti zajedno u životu. Čak i ako ju je to koštalo života. Uostalom, kakvo značenje ima život ako nismo s onima koje stvarno volimo? Prazan život je kao da uopće nema života. Grupa napreduje dalje i približava se vrhu. Claudio ga pokušava prikriti, ali ga u potpunosti privlači ljepota i milost Christine. Od trenutka kad su se sreli nešto se promijenilo u njegovom biću. Nije mogao jesti kako treba ili čak ništa učiniti bez razmišljanja o njoj. Razmišlja o tome kako je pogodno bilo preseljenje njezine obitelji iz Pesqueira u uspješno selo Mimoso. Razmišlja o tome kako je sudbina bila velikodušna što je ujedinio to dvoje praktički na istom poslu. Piknik bi bio odlična prilika da se udvaraš djevojci. Nadao se da će biti prihvaćen unatoč razlikama među njima. Poteškoće, uglavnom njezini roditelji s predrasudama, bile su prepreke koje su se mogle prevladati. Na kraju skupina dođe do vrha i svi slave. Ostalo je samo naći dobro mjesto za piknik. Članovi skupine dijele se u tri manje skupine kako bi pronašli najprikladnije mjesto. Prođe nekoliko minuta i jedna od grupa daje signal, zviždeći. Mjesto je odabrano. Cijela grupa se ponovno okuplja i piknik je postavljen. Svaki član grupe pridonio je s nečim za banket.

"Osjećaš li to, Christine? Pjevanje ptica, lagani šapat vjetra, ruralna atmosfera, zujanje insekata, sve nas to dovodi do mjesta i zrakoplova koji nikada nisu posjetili. Svaki put kad dođem ovdje, osjećam se kao važan dio prirode, a ne kao da je posjedujem, kao što neki misle. (Claudio)

"Vrlo je lijepo. Ovdje, u prirodi, osjećam se kao obično ljudsko biće, a ne kao kći bojnika i ne možete zamisliti kako je ovo dobar osjećaj. (Christine)

"Uživaj, Christine. Ne možeš to raditi svaki dan. Predrasude, strah, sram, sve to remeti naš svakodnevni život. Ovdje to možemo zaboraviti, barem na trenutak. (Fabiana)

"U ovom divljem zelenom tamo možemo osjetiti, vidjeti i u potpunosti razumjeti svemir. Ovo čudo se događa jer je planina sveta i ima čarobna svojstva. (Talita)

"Također želim iznijeti svoje mišljenje. Mi smo sedmero mladih ljudi koji traže što? Odgovorit ću sam sebi. Tražimo avanture, nova iskustva, prijateljstva, pa čak i ljubav. Međutim, to je moguće samo ako smo u miru sa sobom, s drugima i sa svemirom. To je taj čežnja za mirom koji smo pronašli ovdje. (Rafael)

"Ovdje je sve iskustvo učenja. Ritam prirode, društvo svih vas i ovaj svježi zrak lekcije su koje trebamo ponijeti sa sobom za našu djecu i unuke. (Marcela, BiH)

"Sve je ovo veliko zajedništvo za mene. Zajedništvo duhova koje nas vodi da nadiđemo mnoge faze našeg života. (Patricia)

Uostalom, dajte svoje mišljenje o tome što su osjećali u tom čarobnom trenutku kada počnu služiti sebi. Ugodno okruženje učinilo ih je da šute tijekom cijelog obroka. Nakon gotovog ručka, Claudio je objavio:

", Christine, nismo došli samo na jednostavan piknik. Postavit ćemo kamp i prenoćiti ovdje.

Christine je na trenutak promijenila boju i svi su se smijali. Ona je bila jedina u grupi koja nije znala.

"Ha? A što je s opasnostima planine? Tata će me ubiti ako prenoćim ovdje. Mislim da ću ići.

"Savjetujem vam da ne idete. Čuvar sigurno vreba, čekajući najbolju priliku za napad. (Fabiana, BiH)

"Ne brini, Christine. Nisam li rekao da ću te zaštititi? Što se tiče tvog oca, ne brini, on zna da ćemo prenoćiti ovdje. (Claudio)

Christine se smiruje. Bilo bi bolje da ostane u grupi jer nije poznavala planinu i njezine tajne. Stvarno bi bilo strašno vani potpuno sama. Tko zna što bi se moglo dogoditi? Bolje je ne riskirati. Poslijepodne napreduje i svi surađuju u bacanju dva šatora. Spremni su za tren oka.

Claudio i Rafael izlaze u potrazi za drvom kako bi zapalili vatru, s ciljem da otjeraju divlje životinje koje su nastanjivale regiju. Žene su same u kampu, čiste zemlju oko šatora.

"Sjajno je doći ovdje, Christine. U večernjim satima, cijelo ovo mjesto je još ljepše. Nakon večere, vidjet ćete: To je totalna eksplozija. Reci mi, zar ovo nije bolje od ostanka kod kuće? (Fabiana)

"I ja uživam, ali trebali ste mi javiti da ćete kampirati ovdje. Bio sam prilično iznenađen. (Christine)

"Jeste li primijetili kako Claudio gleda na nju i obrnuto? Mislim da su njih dvoje zaljubljeni. (Talita)

"Tvoje oči se poigravaju s tobom, Talita. Nema ničega između Claudio . (Chistine)

"Ja bih, kao prvo, bila vrlo sretna da ti budem šogorica. (Patricia)

"Ja sam s vama na tome. (Fabiana)

"Hvala vam, ljudi. Ali nažalost, to je nemoguće. (Christine)

Christine je na trenutak izgledala ozbiljno i prestali su s aluzijama. Claudio i Rafael se vraćaju sa svim drvetom potrebnim da logorska vatra bude upaljena cijelu noć. Claudio gleda Christine i čini se da se dopisuje. Popodne napreduje i smrači se. Krijes obasjava okolinu dok se noć spušta. Svi se okupite oko njega, a večeru poslužuju Fabiana i Patricia. Svi jedu i pričaju. Claudio se udaljava od grupe i kada se udalji, on napravi prijedlog za Christine da ga prati. Ona hvata signal i udaljava se od grupe.

"Što ćemo, Christine? Ti i ja, zajedno, razmišljamo o ovim zvijezdama. Čini se da su svjedoci onoga što oboje osjećamo. Mislim da to ne samo oni, već i cijeli svemir.

"Znaš da je to nemoguće. Moji roditelji to ne bi dopustili. Vrlo su pristrani.

"Nemoguće? Kažeš mi to, ovdje u ovoj svetoj planini? Ovdje ništa nije nemoguće.

"Ali, ali. . . . .

"Ne govori više ni riječ. Neka ti srce vrišti naglas, kao moje.

Claudio je malo istupio i zagrlio Christine. Nježno joj je malo zakrivio ruku oko lica i strpljivo dodirivao Christine usne vlastitim.

Poljubac je uzburkao Christine i na trenutak se osjećala kao da hoda po zraku. Mnoštvo misli prodrlo joj je u um i poremetilo poljubac. Kad se završi, ona se povuče i kaže:

"Nisam još spreman. Oprosti mi, Claudio.

Christine bježi i vraća se u grupu. Claudio ide s njom. Krijes pucketa i svi se okupljaju oko njega jer je hladnoća intenzivna. Rafael stoji pored vatre, spreman ispričati horor priče o planini.

"Nekada je postojao sanjar iz gradića Triumph, u zaleđu Pajeu. Zvao se Eulalio. Njegov san je bio postati razbojnik i okupiti vlastitu bandu da počini zločine, skupi bogatstvo, ima društvenu moć i raskošnosti i time također fascinira i zavodi mnoge žene. Međutim, nije imao hrabrosti i odlučnosti da to učini. Jedva je mogao rukovati mačem. U svojoj je zemlji čuo za svetu planinu Ororubá i njezinu čudesnu špilju, sposobnu ispuniti svaku želju. Nakon što je to čuo, nije dvaput razmislio i spakirao se kako bi krenuo na željeno putovanje. Stigao je na planinu, upoznao čuvara, završio izazove i na kraju ušao u špilju. Međutim, njegovo srce nije bilo potpuno čisto i njegove želje nisu bile pravedne. Pećina mu nije oprostila i uništila mu život i snove. Od tada, njegova duša je počela lutati od boli na planini. Kažu da su ga jednom vidjeli lovci točno u ponoć. Bio je obučen kao razbojnik i nosio je veliki pištolj koji je požari metke duhova.

"Misliš da je postao hrabar nakon što je umro? Tada je špilja, djelomično, izvela svoj san. (Talita, BiH)

"Ne baš, Talita. Špilja je uništila život sanjara i umjesto toga ostavila samo njegovu dušu s predmetima njegove želje. Štoviše, on je izgubljena duša nasukana u patnji. (Fabiana, BiH)

"Ovo je samo priča. Bezbroj je sanjara koji su okušali sreću u špilji i do sada nitko od njih nije uspio preživjeti. Zbog toga se naziva špilja očaja. (Rafael, BiH)

"Ne bih išao u tu pećinu ni zbog čega. Moje snove ostvarit ću planiranjem, upornošću, predanošću i vjerom. (Marcela, BiH)

"Išao bih zbog ljubavi. Uostalom, ne možete živjeti bez preuzimanja rizika. (Christine)

"Uvijek romantičan. Christine je zaljubljena, ljudi. (Patricia)

Svi se smiju osim Claudio. Još uvijek je bio ogorčen i povrijeđen jer ga je Christine na neki način odbila. Otvorio je svoje srce i svoje osjećaje; međutim, to nije bilo dovoljno da je uvjeri u njegovu ljubav. Govorila je o predrasudama svojih roditelja, ali ona je imala predrasude. Tjeskoba koju je osjećao na dnu prsa natjerala ga je da se vrati u prošlost kako bi se prisjetio epizode koja se dogodila prije dvije godine kada je živio u Pesqueira i hodao s prekrasnom plavušom, kćeri gradonačelnika. Hodali su skriveni tri mjeseca jer se bojala reakcije svojih roditelja. Jednog dana, otac je saznao i nije bio zadovoljan. Unajmio je dva sluge da ga bičuju i šamaraju. To je bilo premlaćivanje koje nikada neće zaboraviti. Tako se sada osjećao: šamaran, bičevan i ne od strane roditelja, već od nje i vlastitih predrasuda. Međutim, on ne bi tako lako odustao od života i vlastite sreće. Pokazao bi Christine svoju vrijednost i ona bi razumjela koliko je bilo glupo izgubiti dragocjeno vrijeme.

Noć pada i svi se pripremaju za spavanje u svojim šatorima. Vatra je upaljena kako bi ih zaštitila od opakih životinja u planini. Međutim, urlici se mogu čuti s određene udaljenosti. Christine se miješa s jedne strane na drugu pokušavajući kontrolirati svoj strah. To je bio prvi put da je spavala na svetom mjestu. Tvrdo tlo joj je smetalo čak i više nego što je mislila. Zavijanje se nastavlja i u tom trenutku čuje se i buka koraka. Christine zadržava dah u očaju. Može li to biti bandit duh? Ili možda divlja zvijer spremna da je proždire? Zvukovi koraka dolaze u njenom smjeru. Jak vjetar udara u šator, a tajanstvena ruka pojavljuje se u preklopu vrata. Spremna je vrištati, ali čovjek koji se pojavi kaže:

"Opusti se, to sam ja.

Christine se smiruje i oporavlja od straha. Ona prepoznaje glas. To je bio Claudio. Ali što je radio u njenom šatoru u tako sat vremena? Njezino lica, zasjenjeno tamom noći, odražavalo je tu sumnju. Claudio čuči i pita:

"Došao sam vas pitati jeste li zaželjeli želju.

"Želja? Kakvu želju?

"Planina je sveta i u ponoć će dati želju srcima u ljubavi. Ja sam svoje odradio i znaš što? Zamolila sam planinu da nas zauvijek spoji u ljubavi.

"Vjerujete li u ovo? Mislim da nijedna planina neće promijeniti planove mog oca.

"Već sam ti rekao, planina je sveta. Vjeruj mi. To može ostvariti naš san.

Claudio se udružio s Christine i oboje su zatvorili oči. Upravo tada, dva srca su uronila u paralelnu ravninu gdje su oboje bili sretni i slobodni. Christine se vidjela udana za njega i kao majka najmanje sedmero djece. Trenutak im je bio dovoljan da se osjećaju kao jedno, povezano sa svemirom. Struja je prekinuta; Claudio se oprostio, a Christine je pokušala zaspati na tvrdom, suhom podu.

Silazak s planine

Kako novi dan sviće, Claudio se diže i počinje buditi ostale. Christine je posljednja koja se uzdigla. Claudio i Rafael uronili su u šumu kako bi ulovili ribu u obližnjem ribnjaku. To bi bio njihov doručak. U međuvremenu, žene pokušavaju zapaliti vatru ostatkom ostatka drva. Fabiana prekida tišinu.

"Dobro spavaj, Christine?

"Ne baš dobro. Ovo tvrdo, suho tlo mi je povrijedilo leđa. Još uvijek boli. (Christine)

"To je život izviđača za tebe. Pripremite se jer još uvijek imamo mnogo avantura. (Talita, BiH)

"Je li vam se svidjela šetnja, općenito? (Patricia)

"Da, svidjelo mi se. Planina udiše zrak mira i mira. Svidio mi se kontakt s prirodom i tvojim društvom. (Christine)

"Također smo uživali, iako nam ovo nije prvi put. Sada si dio našeg tima. (Patricia)

"Jesi li sinoć riješio stvari s Claudio? (Talita)

"Odlučili smo ne započeti vezu jer živimo u potpuno različitim svjetovima. (Christine)

"S vremenom ćeš to riješiti. Ljubav je jača od razlika i kao što sam rekla bila bih sretna da ti budem šogorica. (Fabiana)

"I ja. (Patricia)

"Zavidim ti. Claudio je tako sladak. Šteta što ga ne zanimam. (Talita)

Razgovor se nastavio živahno među ženama, ali Christine nije voljela biti dio toga. Govoreći o svojoj ljubavi, Claudio, povrijedio joj je dušu jer je osjećao da će to biti nemoguća ljubav. Dobro je poznavala svoje roditelje i znala je da će biti potpuno protiv ovakve veze. Njezina majka još uvijek se nadala da će se vratiti u samostan, a otac ju je želio vidjeti u braku s mužem njihove društvene razine. Obje opcije isključile su Claudio iz njezina života, ali je istodobno njezino srce čeznulo za njim; Htjela je samo njega. To su bile njezine dvije "suprotstavljene sile" koje bi morala pomiriti, ili čak birati između njih. Te "suprotstavljene sile" napale su joj srce i ostavile je u nedoumici. Tridesetak minuta nakon što su otišli, Claudio i Rafael vraćaju se s pristojnim brojem riba. Vatra je već bila upaljena, a ribe su stavljene na roštilj. Ribe se potpuno peku i distribuiraju među članovima skupine. Claudio kaže:

"Pecali smo i odjednom se pojavila starica koja je tražila ribu za svoj obrok. Dao sam joj ih i hvala što me blagoslovila i rekla da ću biti jako sretan. Nisam poznavao tu damu. Nikad je nisam vidio u ovim krajevima. Imala je taj pogled u očima koji me zaintrigirao kao da zna budućnost.

"Možda je ona starateljica? Zar legenda ne kaže da živi ovdje na planini? (Fabiana, BiH)

"Moglo bi biti. To sam i ja pomislio kad sam je vidio. (Rafael, BiH)

"Onda si jako sretan, brate moj. Malo je ljudi koji mogu postići sreću. (Patricia)

"Bila je stvarno čudna. Osjetio sam hladnoću kad sam joj dao ribu. (Claudio)

"Ja sam praktičan. Čak vjerujem da je planina sveta po iskustvima koja sam ovdje živio. Ali onda vjerovati u čuvare i u pećine koje čine čuda je puno terena za pokriti. Uskoro ćeš me pokušati uvjeriti da postoje duhovi. (Talita)

"Da sam na tebi, ne bih sumnjao. Claudio je ozbiljan čovjek i nije lažljivac. (Marcela, BiH)

"I ja mu vjerujem. U samostanu su me učili da sudim ljudima po njihovim očima, a Claudio je bio potpuno iskren kada je govorio o čuvaru. Stvarno je privilegiran što ju je upoznao. (Christine)

U tim sljedećim trenucima oko logora vladala je tišina, a članovi skupine završili su s jelom svoje ribe. Claudio i Rafael su razbili šatore i žene su skupile predmete koje su donijele. Skupina se susrela u molitvi zahvalna za trenutke koji su živjeli u planinama i započela šetnju natrag do sela u kojem su živjeli. Claudio je nježno ponudio ruku Christine, i ona je prihvatila. Silazak s planine bio je opasan za početnike. Fizički kontakt s Claudio natjerao je Christine srce da još više skoči. Taj čovjek ju je toliko izluđivala da je skoro zaboravila društvene konvencije dok je bila s njim na planini. To su bili trenuci koji su imali moć da je odvedu do paralelnih aviona gdje nitko nije mogao doći do nje. Osjećala se sretno u ovim trenucima. Međutim, na putu niz planinu, morala bi napustiti svoje snove o fantaziji i suočiti se sa surovom stvarnošću. Stvarnost u kojoj je bila kći korumpiranog, autoritarnog i nepopustljivog bojnika. Osim toga, živjela je za trenutke kada ju je Claudio držao i ljubio. Christine stišće Claudio ruku silom kako bi bili sigurni da je stvarno prisutan tamo, uz nju. Već je izgubila baku i djeda i neće moći podnijeti još jedan gubitak. Skupina se spušta s vrha i već je prešla polovicu udaljenosti strmim planinskim stazama. Claudio, vođa grupe, staje i traži da svi učine isto. Svi pijte vodu i nastavite hodati. Christine razmišlja o svojoj majci i izrugivanju koje će primiti jer je cijeli dan provela daleko od kuće. Ponašala se prema njoj kao prema djetetu, nije mogla sama birati svoj put. Svojim utjecajem ušla je u samostan i provela tri godine svog života kao pustinjak. Smjela je izlaziti samo u šetnje u pratnji i to samo uz dopuštenje Majke Superior. Za to vrijeme učila je latinski jezik i temelje kršćanske religije. Kultura i znanje bili su jedine pozitivne stvari koje su proizašle iz njezina boravka tamo. Uglavnom, to je bio uzaludan dio njenog života jer nije imala želju biti časna sestra. Bila je umorna od toga da bude dobra djevojka i poslušna jer joj je to samo donijelo gubitke. "Suprotstavljene snage" koje je nosila u sebi morale su biti riješene. Grupa ubrzava svoj tempo i za kratko vrijeme putuju sve do kuće. Opraštaju se jedni od drugih i svi se vraćaju svojim kućama.

Bojnikove zloupotrebe

Christine prijem je prošao glatko. Nijedan od njenih roditelja se nije žalio da je provela noć na svetoj planini. Na kraju krajeva, nije bila sama. Nakon razgovora s roditeljima, okupala se, otišla u svoju sobu i zaspala dok se osjećala iscrpljeno. Bojnik i njegova žena su u dnevnoj sobi, razgovaraju. Može se čuti buka pljeskanja i Gerusa odmah odlazi do vrata kako bi je otvorio. Lenice, farmer, čeka da bude prisutan.

"Kako vam mogu pomoći?

"Želim razgovarati s bojnikom. To je vrlo važno.

"Uđite. On je u dnevnoj sobi.

Lenice ulazi i odlazi u dnevnu sobu.

"Gospodine bojnice, htio sam razgovarati s vama, gospodine. Radi se o mom novorođenom sinu, Joseu.

"Što je s njim? Otac ne želi preuzeti odgovornost. Trebate li pomoć da ga odgojite?

"Ne, ništa slično. Volio bih da vi, gospodine, budete kum njegovog krštenja.

"Što? Kum? Kojoj važnoj obitelji pripadate?

"Ja sam Silva i radimo u poljoprivredi.

"To je nemoguće. Ne bih bio prijatelj običnog člana obitelji Silva čak i da sam posljednji čovjek na Zemlji. Trebali biste se provjeriti prije nego što dođete ovdje s takvim zahtjevima.

"Gospodine bojniče, nemate srca.

Jadna žena, u suzama, uklanja se iz sobe i odlazi. Sanjala je da bude prijateljica bojnika baš kao i mnogi iz sela. Njen sin bi imao mnogo više šansi da naraste da je bojnikovo kumče. Imao bi pristup obrazovanju, zdravstvu i dostojanstvenom poslu jer je sve u tom selu ovisilo o utjecaju bojnika. Svi su, bez iznimke, htjeli vezu s njim da imaju te privilegije. Oni koji nisu mogli bili su izbačeni u svijet bijede i patnje.

Nakon što je istjerali farmera, bojnik se priprema za odlazak u policijsku postaju. Njegova žena, Helena, ispravlja svoju odjeću.

"Jesi li to vidjela, ženo? Kakva drskost! Bojnik moje vrijednosti ne može biti prijatelj jednostavne Silve.

"Ovi ljudi ovdje umiru od želje da ti budu prijatelji. Kopači zlata!

"Da su barem trgovci, uzeo bih to. Jeste li ikada vidjeli nešto slično? Bojnik, prijatelj s farmerima.

"Drago mi je da si je stavio na njeno mjesto. Mislim da se više farmeri neće usuditi doći ovdje.

Bojnik se oprašta od svoje žene poljupcem. Počeo je hodati, otvorio vrata i otišao. Koncentrira se na ono što će učiniti. Otkako je službeno položio prisegu od strane gradonačelnika kao glavnog političkog autoriteta u regiji, još uvijek nije donosio nikakve aktivne odluke. Lik "lijepog" bojnika već ga je živcirati. Morao je istupiti kako bi ga poštovale druge vlasti. Bojnik i pukovnik imali su ključne uloge u konsolidaciji nepoštene strukture zvane 'skupina pukovnika', koja je tada vladala. Iz te nepravedne strukture uživali su u moći i natjecanju. Bojnik nastavlja hodati i uskoro se već približava postaji. Potpuno je uvjeren u ono što će učiniti. U svom tragičnom djetinjstvu u Maceió naučio je kako donositi odluke na najvrući način i prepoznao je da je sada najbolje vrijeme. On ubrzava tempo kako bi izbjegao žaljenje i krivnju. Dolazi u policijsku postaju, otvara ulazna vrata i najavljuje:

"Delegate Pompej, imamo važnu stvar za raspraviti.

Bojnik dostavlja popis delegatu u svojoj odaji.

"Što je ovo?

"Ovo je kompletan popis svih delinkventnih poreznih obveznika. Neću više tolerirati kašnjenja i zahtijevam da vi, kao delegat, ovo riješite.

"Jeste li im dali produženje plaćanja?

"Da, učinio sam sve što je u mojoj moći. Poreznik, Claudio, rekao mi je da daju jadne izgovore kako ne bi platili.

"Ne vidim što mogu učiniti. Zakon mi ne dopušta da poduzmem bilo kakvu akciju.

"Moram vas podsjetiti, gospodine Pompej, da će vaše drago mjesto delegata biti ugroženo ako ne poduzmete daljnje korake. Zakon koji znam služi najjačima i kao bojnik vam kažem da odmah zatvorite sve te nitkove i ne puštate ih dok ne plate svoje dugove.

Delegat Pompej odmahnuo je glavom i pozvao svoja dva policajca da počnu hapsiti žrtve. Bojnik je zadovoljan jer su njegovi zahtjevi ispunjeni. To bi bio prvi od mnogih proizvoljnih činova koje bi uzeo kao najveću osobu političke vlasti u regiji.

Misa

Bilo je prekrasno nedjeljno jutro. Zvona kapele zvonila su najavljujući nedjeljnu misu. U zatvoru, otac Chiavaretto se priprema za još jedno slavlje. Chiavaretto je bio službeni svećenik Mimoso. Podrijetlom iz Venecije u Italiji, sin obitelji srednje klase, zaređen je 1890. godine. Njegovo svećeničko djelovanje započelo je u njegovoj rodnoj zemlji iste godine ređenja i trajalo je do 1908. godine. Ove godine, odlučnošću venecijanskog biskupa, službeno je prebačen u Brazil. Njegovo je poslanje bilo širiti evanđelje i evangelizirati one koji su ustrajali u poganstvu. U dvije godine napornog rada postigao je napredak u malom selu. Međutim, jedan od ciljeva koji se treba postići bio je dobiti veći broj na misi. U početku, kada je stigao u selo, prisutnost stanovništva na misi bila je veća. S vremenom su ljudi izgubili entuzijazam samo zato što je masa koju je proveo Chiavaretto bila u potpunosti na latinskom jeziku. Bila je to službena odluka Crkve u to vrijeme.

Prije početka slavlja, svećenik uzima trenutak razmišljanja. Došlo mu je vrijeme u Veneciji i sjetio se sudbine svakog od svoje braće i sestara. Jedan od njih odlučio je biti vojnik u vojsci i otišao je stvoriti integrirani front mira u drugoj zemlji. Uvijek je štitio drugu djecu. Jedna sestra je otišla da postane časna sestra, a druga se udala i rodila četvero djece. Njih dvoje su slijedili suprotne puteve u svojim životima, ali nisu zaboravili drugi niti su prestali biti prijatelji. Obojica su živjeli u Veneciji u Italiji. Postao je svećenik, ali ne izborom, već znakom sudbine. Isus ga je pozvao. Događaji zbog kojih je odlučio postati svećenik bili su sljedeći: Kad je bio dijete, tiho se igrao s jednim od svojih prijatelja na mostu koji se nalazi točno iznad rijeke. Igra koju su igrali je bila oznaka. Uzbuđen zbog igre, popeo se kroz ogradu mosta kako bi pobjegao od protivnika. Noge su mu drhtale, zavrtjelo mu se u glavi i lažnim korakom pao je točno u rijeku. Struja je bila jaka dok je rijeka bila potpuno poplavljena. Chiavaretto je pokušao plivati, ali nije imao iskustva u vodi. Postupno je tonuo, a njegov prijatelj je samo gledao jer ni on nije znao plivati. U tom trenutku nije bilo odraslih. Malo po malo, Chiavaretto je gubio snagu i svijest. Kada je osjetio da je pri kraju, prozvao je sveto ime Isusovo. Brzo je osjetio snažnu ruku koja ga je držala i glas koji je govorio:

"Pedro, ne boj se!

To je bilo njegovo ime: Pedro Chiavaretto. Moćna ruka ga je podigla i izašla iz vode. Kada je spašen, na obali rijeke, tajanstveni čovjek je nestao. Od tog dana Pedro Chiavaretto posvetio se isključivo religiji i postao svećenik. Ovo iskustvo je bila njegova tajna, nije nikome rekao.

Trenutak razmišljanja prolazi i svećenik odlazi pred oltar. On gleda na kongregaciju i potvrđuje da je to ista postava ljudi kao i uvijek: bogati i moćni, sjedeći u najboljim klupama i manje sretni u drugima. Ova vrsta podjele uznemirila ga je jer je bilo upravo suprotno od onoga što je naučio u sjemeništu. Ljudi su jednaki pred Bogom i imaju istu važnost. Ono što razlikuje ljudska bića i čini ih posebnim su njihovi talenti, karizma i druge kvalitete. Ipak, nije mogao ništa učiniti. Proglašenjem Republike i Ustavom iz 1891. godine došlo je do službenog razdvajanja crkve i države. Brazil je od tog trenutka postao konstitutivna zemlja bez službene religije. Crkva je također izgubila velik dio svoje moći i privilegija. Time je skupina pukovnika (koja je vladala na sjeveroistoku) bila vrhovna u svojim odlukama, odlukama protiv kojih crkva nije mogla ići.

Svećenik započinje slavlje, a jedini koji stvarno obraćaju pozornost na njegove riječi su pobožna Christine i Helena, jer oboje znaju latinski. Ostali su otišli u crkvu samo da pogledaju odjeću i stilove drugih i tračaju. Nisu imali pojma o pravom značenju mise. Svećenik govori o oprostu i činjenici da moramo biti pozorni na znakove koji dolaze iz naših srca. Kaže da je ovo najbolji kompas za izgubljene putnike. Misa se nastavlja i dopire do trenutka zajedništva. Kada svećenik pretvori kruh i vino u tijelo i krv Isusa Krista, Čini se da Christine vidi Claudio na tom oltaru, pored Oca. Ona odmahuje glavom, a vizija nestaje. To je bio drugi put da joj se ovako nešto dogodilo. Prvi put kad se to dogodilo plela je na trijemu svog doma. Što joj se događalo? Njene misli ne bi ni poštovale misu. Christine je odlučila ne primiti pričest jer nije bila spremna i nije se osjećala potpuno čistom da sudjeluje u njoj. Helen ima.

Slavlje se nastavlja i Christine se pokušava usredotočiti na svećenikovu propovijed. Obraća pažnju na svaku riječ koju je izgovorio. U tom trenutku, konačno može malo zaboraviti Claudia i zaboraviti prekrasan piknik. Skoro mu se predala na planini. Strah od osuđivanja i njenog oca ju je sputavao. Svećenik daje konačnu blagoslov i Christine se osjeća više ublaženo. Ne bi se više morala brinuti da će zadržati svoje misli.

Razmišljanja

Christine, zajedno sa svojim roditeljima, napušta ovisnosti male kapelice Sv. Sebastijana. Bojnik se oprašta od njih i odlazi se pobrinuti za posao u zgradi Udruge stanovnika. Dva povratka kući. Usput, Christine počinje razmišljati o propovijedi koja se čula prije samo nekoliko trenutaka od svećenika. Je li primila oprost od majke nakon što je napustila samostan? Je li joj bilo oprošteno? Odgovor na oba pitanja je ne. Njezina majka, razočarana nakon izlaska iz samostana, nikada više nije bila ista majka koju je naučila voljeti i poštovati. Više nije voljela niti joj pokazivala bilo kakve brižne emocije kao prije. Majka joj više nije bila prijateljica, već samo suputnica. Uvijek iznova je govorila o samostanu i komentirala kako bi bila presretna da ima kćer koja je časna sestra. Još uvijek je hranila svoje nade da će se Christine vratiti tamo. Što se tiče vlastite sudbine, Christine je još uvijek gajila sumnje. Bila je sigurna u osjećaje koje je imao prema Claudio, ali se bojala potpuno se predati toj strasti i završiti povrijeđena.

Christine je u samostanu naučila da muškarci imaju mnogo strana i da im se ne može vjerovati. Što se tiče činjenice da je slijedila svoje srce, odbila ga je slušati u najvažnijim trenucima svog života. Nije slušala kad je pisalo da se ne miješa sa sinom vrtlara u samostanu. Jednom protjeran, napustio ju je bez objašnjenja. Također ga nije slušala kada ju je zamolila da se preda Claudio, na planini. Umjesto toga, radije je slušala društvene konvencije i strah. Oba puta je odbila slušati svoje srce, bila je spriječena. Christine sklapa pakt sama sa sobom i prihvaća ga slušati u sljedećoj prilici. Misa oca Chiavaretto se pokazala korisnom.

Sucavão

Bio je miran utorak ujutro. Dan ranije, obilna kiša ispunila je rijeke i potoke. Mjesto je bilo prepuno brojnih kupača iz cijele regije koji su se zabavljali u rijeci Mimozi. U međuvremenu, grupa mladih prijatelja, na čelu s Claudio, bila je na putu za Christine rezidenciju. Zamolili bi je da ode na još jedno posebno putovanje. Dolaze u rezidenciju i plješću rukama da ih se čuje. Gerusa, sluškinja kuće, otvara vrata.

"Što želiš?

"Ovdje smo da razgovaramo s Christine. Je li kod kuće?

"Ona je. Pričekajte malo. Nazvat ću je.

Nekoliko trenutaka kasnije, Christine se čini nasmijana i spremna razgovarati s njima.

"Gerusa mi je rekla da želite razgovarati sa mnom. O čemu?

Claudio, vođa skupine, progovorio je.

"Ovdje smo da vas pozovemo na zanimljivo putovanje s nama. S jučerašnjom kišom rijeke i potoci regije su se prelili. Cijeli grad uživa u tome. Na farmi Frexeira Velha, u blizini, nalazi se posebno mjesto koje vam želimo pokazati. Što kažeš?

"Ako obećate da neće biti iznenađenja kao što je bilo tada na pikniku, otići ću. (Christine)

"Neće biti. Bit ćete oduševljeni mjestom. (Fabiana, BiH)

"Obećavamo da ćemo vam pokazati vrlo posebno jutro. (Rafael, BiH)

Ostali članovi grupe također potiču Christine da prihvati, a ona se na kraju slaže. Uostalom, ona nije radila ništa važno u tom trenutku. Izlazak bi joj pomogao da bolje razmisli o nekim idejama. Uz Christine pristanak, grupa je počela hodati prema odredištu koje je ignorirala. Claudio joj je ponudio ruku i ona je prihvatila, slijedeći instinkte svog srca. Naučila je to od svećenika. Fizički kontakt natjerao je Christine da zaroni u paralelne svemire daleko izvan mašte običnog ljudskog bića. Na tim mjestima nije bilo mjesta ni za koga osim za nju i njezinu voljenu. Bila je udana i imala najmanje sedmero djece, svi iz Claudio. Njezini predrasudni i moralno nestabilni roditelji nisu imali moć utjecati na nju u vlastitoj mašti. Da je planina Ororubá sveta, nastavila bi s njihovim zahtjevom i ostvarila te planove. Iako je to bilo gotovo nemoguće iz dva razloga. Prvo, zato što je bila kći majke koja je još uvijek gajila nade da će postati časna sestra. Drugo, imala je oca koji joj je projicirao budućnost (po njegovom mišljenju sretnu), oženivši je s nekim s vlastite društvene razine. Osim toga, oboje su imali ekstremne predrasude.

Grupa se malo zaustavlja kako bi se svi mogli hidrat. Claudio nije htio pustiti Christine ruku ni na trenutak. U njegovom umu, Christine bi bila samo njegova, s obzirom da su međusobno povezani. Od trenutka kad ju je upoznao, život mu se promijenio. Počeo je davati manju važnost piću i pušenju. Praktički je prestao to raditi. Njegovi prijatelji također su primijetili promjene. Postao je karizmatičniji i veseliji čovjek. Više se nije žalio na posao ili račune. Postao je osvijetljen Božjom ljubavlju. Za Christine je bio spreman učiniti sve: suočiti se sa strašnim bojnikom i njegovom ženom; suočiti se s javnim mnijenjem; suočiti se s Bogom i svijetom ako je potrebno. Upoznavao je pravu ljubav; Za razliku od drugih vremena s kojima je izlazio.

Grupa ubrzava svoj tempo i za desetak minuta stiže do farme Frexeira Velha. Skreću udesno i hodaju još nekoliko metara dok ih je prečica odvela na rub pruge. Konačno stižu na odredište i Christine je zaprepaštena. Okrenut je prema prirodnom bazenu uklesanom u kamenu i s pogledom na mali potok.

"Dakle, to je ono što ste mi htjeli pokazati. To je senzacionalno!

"Znali smo da će vam se svidjeti. To je odlično mjesto za malo opuštanje. Zove se Sucavão. (Claudio)

Svi trče prema ovom malom čudu prirode. Claudio se malo odmakne od Christine i počne ludo skakati u vodi. Ostaje potopljen nekoliko sekundi. Christine se zabrinula i počela ga tražiti po cijelom bazenu. Kad najmanje očekuje, dvije snažne ruke drže joj bedra i Claudio se ponovno pojavljuje, grleći je.

"Jeste li me tražili?

Christine ništa ne govori i polaže svoje male ruke na Claudio ramena. On osjeća trenutak i približava joj se. Njegove ustrajne usne traže njene. Njih dvoje se pronalaze i izazivaju buru pljeska. Christine i Claudio se okreću prema drugima i smiju se. Njihova veza je potvrđena. Svi i dalje uživaju u bazenu. Claudio i Christine se ne miču jedno s drugoga. Grupa cijelo jutro provodi u Sucavão, a kasnije se svi vraćaju svojim kućama.

Tržište

Pojavljuje se vrlo sunčano jutro u srijedu, a Christine se upravo probudila. Ustaje iz kreveta i kupa se. Ulazi u kupaonicu, pali slavinu i hladna voda poplavljuje cijelo tijelo. U tom trenutku, njezin um putuje i slijeće točno u događajima prethodnog dana. Razmišlja o Claudio zagrljaju i poljupcu. Početni fizički kontakt učinio ju je još sigurnijom u ono što osjeća prema njemu. Bilo je to nešto stvarno trajno. Ona isključuje vodu, sapuni se i strah počinje uzimati svoje intimne misli. Što će biti s njima kad njeni roditelji saznaju? Bi li volio biti jači od predrasuda i društvenih konvencija? Je li planina stvarno odgovorila na njen zahtjev? Odgovor na ova pitanja nije znala. Jedino što su mogli učiniti je oboje uživati u trenutku i nadati se da će trajati zauvijek.

Ponovno uključuje vodu i prethodni strah nestaje. Bila je spremna boriti se za tu ljubav čak i ako ju je to skupo koštalo. Voda iz slavine podsjeća na Sucavão i kako je to mjesto bilo čarobno. Ona misli da bi svatko trebao biti poput tekuće rijeke koja se potpuno prepušta svojoj sudbini. Tako bi se ponašala u odnosu na svoju ljubav, Claudio. Hladna voda joj počinje smetati, a ona je odluči isključiti. Uzima dva ručnika i počinje se sušiti. Nakon što se potpuno osušila, odijeva se i odlazi u kuhinju na doručak. Po dolasku, pronalazi Gerusa kako služi roditeljima.

"Već gore? Izgledaš odlično. Što se dogodilo?

"Ništa, majko. Imao sam dobru noć.

"Moja kći je dobra djevojka, ženo. Ona ne bi učinila ništa protiv naših principa. (Bojnik)

Ledena hladnoća obišla je Christine tijelo i u tom trenutku činilo se da su njezini roditelji pogodili njezine misli. Odlučila je šutjeti kako ne bi pobudila sumnju.

"Što kažeš da danas idemo na sajam? Trebam voće, povrće i grah. (Helena)

"Rado ću ići s tobom, mama. (Christine)

"Pa, ne mogu. Ja ću se pobrinuti za posao. (Bojnik)

Njih dvoje završe doručak i odu na tržnicu. Tržište Mimoso postalo je veliki događaj koji je mamio posjetitelje iz cijele regije. Tog dana bilo je intenzivno zauzeto, a trgovina je cvjetala. Christine i Helena prilaze Olivia štandu s voćem i u tom trenutku nebo kao da je prešlo u razmjeni pogleda između Christine i Claudio.

"Vi ovdje? Nisam to očekivao. (Christine)

"Majka me ostavila na čelu svog šatora. Što dijete ne bi učinilo za svoju majku? Kako ste, gospođice?

"Vrlo dobro.

"Nisam znao da ste tako dobri prijatelji.

Christine prikriva svoje osjećaje prema Claudio malo i odgovara:

"On je dio grupe prijatelja s kojima izlazim, a osim toga, on je moj suradnik, jeste li zaboravili?

"Oh, da. Poreznik.

Claudio namiguje Christine kao znak suučesništva. Njih dvoje su morali glumiti do pravog trenutka. Claudio pita:

"Što ćete imati?

"Želim dvadesetak banana, tri papaje i šest manga. (Helena)

Christine obraća pažnju na svaki muški detalj svoje ljubavi i impresionirana je. Nije sumnjala: on je bio čovjek kojeg je željela, bez obzira na to koliko je prepreka morala prevladati. Naučila je, u samostanu, da je pobjednik onaj koji ima hrabrosti usuditi se. Claudio im daje plodove, a Christine i Helena idu na drugu stanicu. Tržnica će biti otvorena do 14:00 sati.

Slučaj krave

Bojnik Quintino, kao jedan od pionira regije, postao je bogati vlasnik plantaže i posljedično jedan od najvećih stočara u regiji. Jednog dana, njegovi zaposlenici su prelazili stoku preko pruge kako bi imali pristup drugom dijelu zemlje. Igrom slučaja, istog trenutka, na horizontu se pojavio vlak velike brzine. Zaposlenici su požurili s prijelazom, a kondukter vlaka pokušao se zaustaviti, ali bezuspješno. Jednu od krava udario je vlak i poginula pri udaru. Vozač je nastavio putovanje, a zaposlenici su bili zgroženi. Okupili su se i odlučili sve reći bojniku.

Kada je bojnik čuo priču, naredio je svojim zaposlenicima da stave divovsku stijenu na tračnice željeznice. U isto vrijeme, bojnik je ostao smješten čekajući vlak. Pojavio se na horizontu točno na vrijeme i kada je inženjer primijetio stijenu, stao je kratko kako bi pokušao izbjeći sudar. Srećom, bio je uspješan i nitko nije ozlijeđen. Vozač je skrenuo s vlaka i pitao:

"Tko je stavio taj kamen nasred pruge?

U tom trenutku, bojnik mu prilazi i raspituje se:

"Kako se zovete, gospodine?

"Moje ime je Roberto. Reci mi, tko mi je stavio ovaj kamen na put?

"Moji ljudi su ga stavili ovdje. Vidim da ste danas uspjeli zaustaviti vlak. Međutim, baš jučer, gospodine, niste bili uspješni i udarili ste jednu od mojih krava.

"Nisam ja kriva. Vlak je došao punom brzinom i kad sam shvatio da je krava još uvijek tamo, bilo je prekasno.

"Tvoje isprike mi nisu od koristi. Ne brini, neću te osuditi vlastima ili tražiti da platiš kravu. Međutim, počevši od sutra, svaki put kada prođete kroz ovo selo, morat ćete se zaustaviti ispred moje kuće i pitati hoće li netko iz moje obitelji putovati. Ako je tako, pričekat ćete ako je potrebno da se spremimo. Ako ne, možete pratiti svoje putovanje. Jesmo li jasni?

"Pa, mislim da nemam izbora. Novčana kazna.

Glavni naređuje svojim zaposlenicima da povuku kamen kako bi vlak mogao nastaviti svoje putovanje.

<u>Tisak</u>

Bojnik Quintino bio je poznat u cijeloj regiji po svojim metodama mučenja. Najpoznatiji od njih bio je, bez sumnje, zastrašujući tisak. Bio je to željezni instrument s pet prstenova, jedan za stavljanje na vrat, dva za svaku ruku i dva za svaku nogu. Bojnikovi neprijatelji su bičevani u tisku, često do smrti.

Jednom su bojniku ukradena tri konja, a lopova je vidio jedan od njegovih zaposlenika. Lopov je nestao na neko vrijeme i bojnik ga nije uspio pronaći. Nakon što je slučaj zatvoren, lopov se odlučio vratiti i viđen je kako šeta Mimoso. Bojnik je odmah znao da je to on i poslao je svoje zaposlenike da ga zadrže. Lopov je uhvaćen i stavljen u tisak. Mučen i ponižen, lopov je priznao zločin i rekao da je prodao konje kako bi dobio sitniš. Bijesni bojnik mu nije oprostio i naredio je svojim zaposlenicima da ga šibaju cijelu noć. Lopov je podlegao ozljedama i umro. Bojnikovi zaposlenici su pokupili tijelo i pokopali ga. Bio je jedna od žrtava tog arhaičnog sustava društva; Sustav koji ubija i prije presude.

Poruka

Već je bilo par tjedana da Claudio i Christine tajno hodaju. Njih dvoje viđali su se svakih petnaest dana na poslu ili u drugim situacijama sa svojom grupom prijatelja. Te su sastanke dobro iskoristila dvojica koji su razmjenjivali milovati i ljubiti kad nitko nije gledao. Međutim, ova situacija nije bila ugodna Claudio. Još uvijek se osjećao nesigurnim zbog Christine odluke da nikome ne govori o njihovoj vezi. Htio se ispuhati i reći cijelom svijetu koliko se sretan i ispunjen osjećao. U tu svrhu nazvao je Guilherme (uličnog klinca) i predao mu poruku upućenu Christine. Dječak je brzo poslušao.

Guilherme dolazi u Christine kuću, plješće rukama i viče da ga čuju. Gerusa dolazi na vrata.

"Što želiš, dečko?

"Ovo je bilješka za gđicu Christine. Možete li je nazvati?

"Možete mi ga dati. Ja sam pouzdan.

"Ne. Ova bilješka se dostavlja ručno.

Nevoljko, Gerusa ide nazvati Christine. Velika znatiželja se gradila u njenom umu. Bila je sluškinja ove obitelji deset godina i po njenom mišljenju ništa što se dogodilo u toj kući nije prošlo nezapaženo njezinim očima. Otkad je Christine bila dijete, brinula se o njoj i svojim interesima više nego o vlastitoj majci. Nije htjela biti izostavljena iz ovoga. Christine je u svojoj sobi i kada primi vijest, odmah odlazi upoznati dječaka. Ona uzima poruku i Gerusa je prati. Odmah se Christine zaključala u svoju sobu ostavljajući iza sebe tjeskobnu Gerusa. Osjećala se nije završen Christine stavom. Godine druženja i suučesništva otišle su u prah u tom trenutku. Uostalom, što bi moglo biti toliko važno do te mjere da Christine to želi sakriti?

Sastanak

Dok joj srce lupa, Christine počinje čitati poruku koju je napisao Claudio. U njemu je poziva na sastanak koji će se održati u njegovom domu. Christine je upitna i misli da bi moglo biti riskantno otići tamo. Uostalom, zli jezici sela mogli bi izazvati sumnju u njih dvoje i da bi vijesti mogle završiti izravno s njezinim roditeljima. Htjela je sačuvati vezu. S druge strane, nije htjela povrijediti Claudio i izazvati otuđenje među njima. Osjećaji koje je imala prema svojoj ljubavi bili su važniji. Malo razmišlja i odluči otići. Svakako, vrijedilo je riskirati za njenu jedinu pravu ljubav. Posljedice, ako ih ima, suočit će se zajedno.

Christine se sprema i odlazi bez objašnjenja Gerusa ili bilo kome drugome. Njen um luta na nepoznata mjesta bilo kojoj drugoj osobi koja nije znala za njihovu povijest. Razmišlja o samostanu, sinu vrtlara i o svojoj ljubavi, Claudio. Samostan se pojavljuje kao stara slika koju želi zaboraviti. Tamo je naučila latinski jezik, osnove religije, poštovanje prema ljudima i pravo značenje riječi ljubav. Još uvijek se u samostanu sjeća vrtlarovog sina i važnosti sazrijevanja koje je ta odluka imala i kako joj je promijenila život. Odustala je od toga da bude časna sestra i preuzela je sve posljedice toga, kao što su razočaranje i prezir prema majci. Razmišlja o Claudio i s tom mišlju tračak nade ispunjava cijelo njeno biće. Nada se da će ostati zajedno uz vječnu ljubav, čak i ako moraju proći nepremostive prepreke. Piknik na planini pada joj na pamet i kako su bili sretni, iako ne zajedno. Sjeća se zagrljaja, poljupca i želje koju je napravila na svetoj planini. Na neki način, na njezin zahtjev već se počelo odgovarati dok su ona i Claudio hodali. Odlazak u crkvu i učenje onoga što je imala, da joj je pomoglo da započne vezu u Sucavão. To čarobno mjesto imalo je moć očarati i spojiti dva srca. Naučila je biti poput tekuće rijeke, potpuno se izbavljajući svojoj sudbini, Claudio. Za njega je odlučila otići na susret.

Christine ubrzava svoje korake, vođena znatiželjom. Ona je već samo nekoliko metara od mjesta. Pogleda oko sebe i pobrine se da je nitko ne prati ili ne promatra. Instinkt samozaštite bio je jači od svega. Uostalom, sve poduzete mjere opreza bile su potrebne u vezi koja još nije potvrđena. Otišla je malo dalje i konačno stigla u Claudio dom. Pokucala je na vrata i čekala da joj se odgovori. Vrata se otvaraju i Claudio je uvlači unutra. Na Christine iznenađenje, Claudio cijela obitelj je ponovno ujedinjena.

"Ovo je moja djevojka, Christine, kao što sam obećao. Hodamo već dva tjedna. To je moja majka, Olivia (rekao je pokazujući na ženu s jakim osobinama koje su izgledale kao da su stare oko pedeset godina). Ostale koje već poznajete: moje sestre Fabiana i Patricia, i moj otac, Paulo Pereira.

Christine je bez daha s ovom prezentacijom. Što je Claudio radio? Zar se njih dvoje nisu složili da tajno izlazimo? Nespretno, Christine pozdravlja sve. Claudio je tjera da sjedi za stolom gdje su svi.

"Dobrodošla u obitelj, Christine. Moj muž i ja odobravamo ovu vezu. Ti si ozbiljna i dobro uspješna djevojka. (Olivia)

"Hvala vam. Nisam ovo očekivao. Claudio me iznenadio. (Christine)

"Nisam više mogao podnijeti ovu situaciju. Moji roditelji su imali pravo upoznati voljenu djevojku mog srca. (Claudio)

Claudio je zapleo Christine u naručje i poljubio je.

"Već sam rekla Christine kako bi mi bilo drago da joj budem šogorica. Osim toga, želim reći da se divim vašoj odlučnosti i borbenosti. (Fabiana, BiH)

"I ja. Želim vam sreću oboje. (Patricia)

Paulo Pereira počinje posluživati koktele, a Christine je malo povučena, iako sretna. Razgovor počinje putovati u i od raznih tema, a Christine je u središtu pozornosti. Svi pohvaljuju njezino držanje i stil. Vrijeme prolazi, a Christine to ni ne shvaća. Nakon što su je malo upoznali, Christine se oprašta, a Claudio je prati do vrata. Grle se i ljube prije nego što se oproste. Claudio je pokazao Christine da su njegove namjere ozbiljne i stvarne.

Priznanje

Bio je prekrasan četvrtak ujutro i Christine se priprema otići vidjeti oca Chiavaretto. Ona je u liniji od pet ljudi. Tjeskoba, nervoza i sumnja ispunjavaju cijelo njezino biće. Pripreme koje je napravila prije ispovijedi nisu stupile na snagu. Sve što ona smatra grijesima dolazi joj na pamet: propusti, pogreške i nedostatak opreza. Međutim, još uvijek nije bila sigurna hoće li uopće reći cijelu istinu. S druge strane, da nije, nastavila bi ostati u grijehu. Časne sestre samostana u kojem je boravila tri godine bile su prilično stroge u tom smislu. Red se prazni, a Christine je sljedeća. Ulazi u ispovjedaonicu i kleči.

"Zdravo Marijo, puna milosti.

"Začet bez grijeha.

"Priznaj svoje grijehe, kćeri moja.

"Pa, oče, imam veliku tajnu koja me opterećuje. Već neko vrijeme hodam s poreznika, Claudio. Ova tajna me ubija, oče. Ponekad ne mogu ni spavati noću. Međutim, ako kažem, siguran sam da će moji roditelji biti protiv ove veze jer su vrlo pristrani. Što da radim, oče? Ne želim prekinuti s Claudio jer ga volim.

"Kćeri moja, moraš reći cijelu istinu. Samo to može osloboditi tvoju svijest od kajanja. Razgovarajte sa svojim roditeljima i pokažite im svoje gledište. Kada je ljubav istinita, ona nadilazi sve prepreke. Mislim da ću ti dati pokoru da bolje razmisliš. Molite deset Očenaša i pet Zdravo Marijo.

Christine zahvaljuje ocu i odlazi ispuniti svoju pokoru. Razmišljala bi o savjetima koje je dao.

Ogovaranje

Christine odlazak u Claudio kuću nije prošao potpuno nezapaženo, kao ni načini na koje se prema njoj odnosio u javnosti. Beatrice, Claudio susjeda, bila je sumnjičava da ovaj posjet nije bio samo prijateljski. Nakon toga, odlučila je istražiti to dvoje kako bi vidjela je li u pravu u svojim sumnjama. Na kraju je saznala cijelu istinu. Neko je vrijeme šutjela iz straha od reakcije bojnika i njegove supruge. Kasnije nije smatrala da je cijela ova situacija vrlo poštena. S osjećajem pravde, odlučila je otići do bojnikove kuće. Ona dolazi, plješće rukama, i susreće se s Gerusa.

"Što želiš?

"Želim razgovarati s bojnikom i njegovom ženom.

"Oni su u dnevnoj sobi. Uđi.

Brzo, Beatriz ulazi i stoji pred njih dvoje.

"Dobar dan, bojnice Quintino i gospođa Helena. Moram razgovarati s vama o nečemu ozbiljnom. Je li vaša kći kod kuće?

"Otišla je na ispovijed. (Helena)

"Još bolje. Želim razgovarati s vama o njoj. Potajno izlazi s Claudio, poreznicima. Tamo. Ja sam to rekao. (Beatriz)

"Što? Jesi li ti luda, ženo? Moja kći je dobra djevojka. Ne bi se spetljala s takvom tipom. (Bojnik)

"Ni ja ne mogu vjerovati. Još uvijek želim da bude časna sestra. (Helena)

"Uvjeravam vas da je istina ono što sam rekao. Vidio sam njih dvoje kako se grle i ljube vlastitim očima, kunem se sigurno dok stojim ovdje. (Beatriz)

"Onda nas je izdala. Griješi ako misli da će ostati s njim. Ne bih miješao svoje ime ili krv sa običnom Pereira. (Bojnik)

"Ni ja ne mogu vjerovati. Neću joj dopustiti da se uda. (Helena)

"Pa, mislim da sam ispunio djelo svog dobrog Samaritanca. Ne mogu podnijeti da vidim nepravdu. (Beatriz)

"Hvala što ste nam javili. Ja ću ti se razmišljati.

Bojnik ustaje i predaje hrpu novca Beatrice. Odlazi sretno i tiho iz bungalova misleći da je ispunila svoju misiju.

Putovanje u Recife

Vijest da Christine hoda s jednostavnim poreznika nije ostavila glavnog sretnog. S ranjenim ponosom, planirao je kraj ove uznemirujuće situacije. Poslao je poruku gradonačelniku i pukovniku Rio Branco pozivajući ih na put u Recife. Trojica će razgovarati s guvernerom o poslovnim, političkim i osobnim stvarima. Sa svime riješenim, bojnik je spakirao kofere dok je odlazio sljedeći dan u Recife.

Dan je počeo sa suncem toplijim nego ikad. Bojnik nastaje bez odgađanja i odlazi se okupati. Ulazi u kupaonicu, pali slavinu i hladna voda poplavljuje cijelo tijelo. Hladna voda umiruje njegovu savjest, ali njegova krv još uvijek ključa. Sjeća se Christine kad je bila dijete. Bila je slatka i nježna kao cvijet. Jednom se igrala s lutkama i pozvala ga da se također igra. Nespretno je prihvatio. Christine je igrala ulogu majke, a on očeve lutke. Dugo su simulirali razgovore i situacije unutar obitelji. U jednom trenutku je rekla: "Moja lutka je sretna što ima oca poput tebe. To ga je dosta dirnulo i morao se povući iz igre kako ga ne bi vidjela kako plače. Što se dogodilo toj maloj osjetljivoj djevojčici? Kako ga je uspjela tako izdati? Kada se rodila, nije porekao da ima određeni nepovoljan osjećaj za nju da je rođena kao žena. Najpogodnije mu je bilo imati sina, nekoga tko će ga naslijediti u tiraniji, političkoj moći i društvenoj bogatstvo. Ali s vremenom je pokazala svoju vrijednost i osvojila sve u obitelji. Njegovi planovi promijenili su se u uređenje dobrog zeta kako bi se brinuo o svojoj kćeri i naslijedio ga. Činilo se da ti planovi idu nizbrdo od posljednjih vijesti koje je primio. Brzo, bojnik isključuje vodu i napušta kupaonicu. Žurio je da ostvari svoj plan.

Ode u kuhinju i doručkuje. Pozdravlja svoju ženu, ali se pretvara da ne vidi svoju kćer. Christine preuzima inicijativu i razgovara s njim, ali on joj ogorčeno i suho odgovara. Misli da je stav njenog oca čudan, ali šuti. Bojnik doručkuje, da im javi da ga neće biti nekoliko dana, ustane i ode. Već izvan kuće počinje formirati plan djelovanja: Prvo bi otišao u policijsku postaju, a drugi u vlak na putu za Recife. Njegovi planovi prevode u stanje u koje je bojnik, nemiran, neugodan i razočaran. Bilo mu je nelagodno što se našao u ovoj trenutnoj situaciji: punac jednostavnog državnog službenika. Osjećao se prestrašeno jer nije točno znao koje će rezultate postići na ovom putovanju. Bio je razočaran što ga je izdala jedina voljena kći. Što bi se još moglo dogoditi? Pa, nije znao. Nekoliko minuta kasnije već može vidjeti policijsku postaju, a mržnja mu još više raste. Što je taj jadni poreznik mislio da je? Čak ni u najluđim snovima nije se mogao pridružiti obitelji Matias. To je bila tradicionalna obitelj koja je osvojila gotovo svu zemlju zapadno od Pesqueira. Tko je bila obitelj Pereira? Samo obična trgovačka obitelj koja nije bila na razini njegove kćeri. Ne bi dopustio da ostanu zajedno da je živ.

Konačno, bojnik ulazi u postaju i odlazi u ured delegata Pompeja. Klima glavom i počinje govoriti.

"Gospodine Pompej, imam posao za vas. Želim da uhitite čovjeka zbog mene.

"Zašto? Tko je taj čovjek?

"To je čovjek koji je omalovažio moju kćer. Zove se Claudio, poreznik.

"Claudio? Činio se kao dobar momak.

"I ja sam tako mislio. Međutim, razočarao me svojim stavom. Od danas, on je moj neprijatelj i mora patiti zbog svoje izdaje. Želim da ga odmah uhitite i ne puštate dok to ne kažem.

"U redu, ja ću to učiniti. Moji ljudi će ga danas uhititi.

"To je ono što sam želio čuti. Ti si dobar prijatelj, Pompej. Tko zna kad sam gradonačelnik ti bi mogao biti moja tajnica?

"Na usluzi, gospodine.

Njih dvojica odlaze, a glavni ide u smjeru željezničkog kolodvora. Vlak za Recife bi krenuo za nekoliko minuta. Majorovi koraci postaju sve redovitiji i osjeća se bolje. Prvi korak njegovog plana je ostvaren. Njegov neprijatelj, u kratkom vremenu, bio bi nemoćan iza rešetaka. Christine bi se morala naviknuti na život bez njega. Bojnik počinje dizajnirati, u svojoj glavi, drugi korak svog nauma, korak za koji su samo on i Bog znali. Dolazi na stanicu, kupuje kartu, pozdravlja osoblje i daske.

Ulaskom u vlak nailazi na pukovnika Rio Branco (Henrique Cergueira). Sjedi pored njega i sretan je što je pukovnik ispunio njegov zahtjev. Počinju pričati i prisjećati se svojih pionirskih dana. Sjećaju se otpora domorodaca i kako su morali biti okrutni da zauzmu svoju zemlju. To su bili trenuci slave za njih dvoje. Bojnik Quintino i farmer Osmar zauzeli su zemljišta u regiji Mimoso, a pukovnik Henrique Cergueira zauzeo je zemljište u regiji Rio Branco, selu smještenom zapadno od Mimoso. Pukovnik se sjeća kako je uspio uvjeriti domorodačku obitelj da im neće nauditi. Vrijeme je brzo prolazilo za njih dvoje prisjećajući se te ne tako daleke prošlosti.

Vlak zviždi signalizirajući da će se zaustaviti. Bojnik i pukovnik idu na brzi zalogaj. Stižu u bar blizu željezničke stanice Pesqueira.

"Što ćete imati, gospodo?

"Dvije šalice dobrih stvari koje imate tamo i tanjur pečene govedine. (Bojnik)

"Pa, bojniče, zamolili ste me da odem u Recife, ali mi niste objasnili zašto stvarno idemo tamo.

"Imam svoje planove, ali sada ne mogu govoriti. Moram riješiti problem s guvernerom i onda ozbiljno razgovarati s vama.

"Ne možete mi dati nagovještaj?

"Ne. Ništa više od onoga što sam već rekao.

Razgovor se ohladio i njih dvoje su završili svoj zalogaj. Napustili su bar, vratili se na željezničku stanicu i ponovno se ukrcali na vlak jer je trebao krenuti. Po ulasku u vlak, gradonačelnik je već bio prisutan. Bojniku je drago što je odgovorio i na njegov zahtjev. Ostaju u istom automobilu kako bi razgovarali o svojim obiteljima, nogometnim zvijezdama i ženama. Govoreći o svojoj obitelji, bojnik navodi svoju ženu i kćer kao svoje najveće blago. Pukovnik govori o svom sinu Bernardu i njegovoj kćeri i osigurava da oni budu njegovi legitimni nasljednici jednako u politici kao i u njihovom načinu djelovanja. Gradonačelnik kaže da nema djece jer mu je žena neplodna, ali je ionako sretno oženjen. Govoreći o sportu, kao najbolje nogometne momčadi u državi navode Sport Recife i Nautiku. O ženama, bojnik potvrđuje da voli sve vrste. Pukovnik kaže da više voli tamnopute žene s vitkim tijelima. Gradonačelnik tvrdi da ne gleda druge žene osim svoje žene. Ostali se smiju toj izjavi. Stalno pričaju i vrijeme brzo prolazi. Vlak se zaustavlja nekoliko puta prije dolaska na odredište Recife.

Njih trojica slijeću i odmah pozivaju vozilo koje će ih odvesti do palače koja je sjedište državne vlade. U automobilu se vozač predstavlja i postavlja nekoliko pitanja. Odgovaraju da nastavljaju razgovor. Vozač govori o Recife, ističući njegove mostove, plaže, rijeke, crkve i druge znamenitosti. Zaključuje rekavši da su ljudi Recife gostoljubivi i prijateljski raspoloženi. Bojnik ne obraća mnogo pozornosti na razgovor jer je usredotočen na svoje planove. Razgovor s guvernerom bio bi odlučujući za njega. Nešto kasnije auto staje ispred palače i svi izlaze.

Njih troje lutaju nekoliko metara koji ih odvajaju od palače i ulaze pored glavnih vrata. Unutra su upućeni u vladu i rečeno im je da će ih guverner vidjeti. Oni ulaze u područje i prima ih guverner. Gradonačelnik se propisno predstavlja.

"Ovo je bojnik Quintino, najveći politički autoritet u regiji uspješnog sela Mimoso. A ovo je pukovnik Rio Branco (Henrique Cergueira), važan pionir zapadne regije Pesqueira.

"Čuo sam priče o Mimoso. Ovo mjesto je postalo važno trgovačko mjesto Pernambuco, s uvođenjem željeznice. Što se vas tiče, pukovniče, vi ste poznati po svojim velikim postignućima. Čast mi je pozdraviti vas ovdje u ovoj zgradi koja predstavlja snagu našeg naroda i ponos naše države. U čemu vam mogu pomoći?

"Bojnik bi trebao znati. Pozvao nas je da dođemo ovdje, ali nas nije pustio u razlog zašto. (Pukovnik Rio Branco)

"To je istina. O sljedećim izborima za gradonačelnika Pesqueira, želio bih, uz dužno poštovanje, gospodine, ako biste me podržali za nasljednika našeg dragog prijatelja, g. Horacio Barbosa.

"Što? Regija Pesqueira ima mnogo pukovnika. Jedan od njih bi trebao biti nasljednik.

"Nitko od njih nema moju duhovitost i političku moć. Implementirao sam instrument mučenja zvan tisak i postao je apsolutni teror mojih neprijatelja. Nisam više samo običan bojnik. G. Horacio i g. Henrique, prisutni ovdje, mogu svjedočiti u moju korist.

"To je istina. Bojnik Quintino ističe se u gradu Pesqueira. On je važan član našeg sustava "Pukovnika". Ja, kao pukovnik Rio Branco, pokazujem mu svoju neograničenu podršku.

"Također ga podržavam. Bio je jedan od prvih pionira zemlje u regiji Mimoso. Njegov stav prema domorocima bio je iznimno važan i odlučan. On je jedini koji me može zamijeniti na mjestu gradonačelnika.

"Pa, ako vas dvoje odobrite njegovu kandidaturu i to potvrdite, nemam ništa protiv. Podržavam ga kao novog gradonačelnika Pesqueira.

Trojica plješću guverneru, a bojnik Quintino uvlači pukovnika Rio Branco u drugu sobu. Imali bi privatan razgovor.

"Što mi želiš reći? Zašto si me tako povukao?

"Imam vam nešto za ponuditi, gospodine. Imam prekrasnu kćer po imenu Christine i želim da se uda što je prije moguće. Razmišljao sam o mogućim proscima. Onda sam se sjetio vašeg sina Bernarda i kako je on vaš zakoniti nasljednik i u stavu i u politici. Mislim da bi bio savršen par za moju kćer. Što kažeš? Bilo bi sjajno da njih dvoje ujedine naše obitelji.

Sir Henrique razmišlja na trenutak i odgovara.

"Razmišljala sam i o vjenčanju Bernarda. Dođe vrijeme kada čovjek mora opametiti i položiti korijenje. Vaša kći bi bila velika prednost za njega. Međutim, nije li ona trebala biti časna sestra?

"Već je odustala od te ideje. Moja žena je napunila glavu kad je bila djevojčica. Smjestila se i spremna se udati. Kada možemo organizirati vjenčanje?

"Mislim da je mjesec dana dovoljno za brigu o aranžmanima. Moramo imati veliku zabavu i pozvati naše suputnike unutar sustava.

"Naravno. Sve za sreću njih dvoje. Jedva čekam da mi kuća bude puna unučadi.

Njih dvojica se rukuju i vraćaju u guvernerov ured gdje se pridružuju gradonačelniku. Oprostili su se od najvišeg političkog autoriteta države i uputili se u obližnji hotel. Proveli bi još dva dana u glavnom gradu Pernambuco sudjelujući u ceremonijama i uživajući u ljepotama plaža.

Povratak u unutrašnjost

Tri putnika iz unutrašnjosti polaze iz hotela i sadržaja glavnog grada Pernambuco. Unajmljuju vozilo izravno na željezničku stanicu. Za kratko vrijeme stižu na odredište. Izađu iz auta, kupe karte i konačno krenu. Sjede u prvoklasnom dijelu. Gradonačelnik i pukovnik Rio Branco počinju pričati, ali bojnik djeluje promišljeno, misli su mu se raspršile. Slike Claudio i Christine padaju mu na pamet. Ne, nikada ne bi mogli biti zajedno jer su pripadali potpuno različitim svjetovima. Nije odgojio kćer da bude prodavač u trgovini. Zaslužila je puno više od toga jer je bila kći velikog, najvišeg političkog autoriteta u regiji Mimoso. U njegovom umu, bojnik vidi Claudio u zatvoru i to mu daje čudan osjećaj zadovoljstva. Tko mu je rekao da ga tako izda? Tko ga je ovlastio da sanja tako visoko? Samo je plaćao cijenu vlastitog ludila. Bojnik predviđa cijelu scenu i ne žali ni za čim. Uostalom, brinuo se o interesima svoje kćeri i njezine budućnosti.

Vlak se trese i bojnik počinje ulaziti u razgovor sa svoja dva suputnika. Govore o svojim budućim projektima. Pukovnik Rio Branco žudi da njegovo selo postane grad za nekoliko godina, a kasnije stekne neovisnost od grada Pesqueira. Sanja o tome da bude gradonačelnik i dobije dobre pozicije za svoje prijatelje i obitelj. Gradonačelnik govori o napuštanju politike i postajanju velikim stanodavcem u zaleđu, oko Vile Bela. Govori o brizi za stada goveda i sadnji opsežnih plantaža. Novac koji je dobio lažnim mjerama bio bi dovoljan za ostvarenje ovog plana. Bojnik je skromniji. Želi vidjeti svoju kćer udanu i s djecom. Također računa na riječ guvernera koji mu je obećao potporu za gradonačelnika. Njih troje nastavljaju razgovarati, a zaposlenik im nudi sok i grickalice. Oni prihvaćaju. Vrijeme brzo prolazi i prolaze kroz glavne gradove države. Kada stignu u Pesqueira, gradonačelnik se oprašta od njih i iskrcava.

Preostala ruta (petnaest milja) između Mimoso i stožera napravljena je glatko i sigurno. Bojnik i pukovnik Rio Branco šute većinu vremena. Kada vlak stigne u Mimoso, bojnik se oprašta i iskrcava. Po odlasku, na njegovom licu pokazuje koliko je sretan jer se vratio uspješan.

Dogovoreni brak

Nakon što je pozdravio službenike postaje, bojnik ide prema svojoj kući. On vidi neke ljude na putu, ali ne obraća puno pozornosti jer razmišlja o tome kako najbolje priopćiti vijest svojim ženama. Kakva bi bila Christine reakcija? Što bi rekla njegova voljena žena? Prvi je izdao njegovo povjerenje hodajući s jednostavnim poreznicima. Druga je i dalje željela da joj je kći časna sestra. Nije ga bilo briga. On je bio čovjek u kući i njih dvoje bi se morali pridržavati njegovih odluka. Ono što je odlučio je najbolje za cijelu obitelj. S tom mišlju, glavni uragani i ubrzo stiže kući. Otvorio je ulazna vrata i otišao u dnevnu sobu, ali tamo nema nikoga. On nazove kćer i ženu, a oni se odazovu iz kuhinje. Brzo, on ide tamo.

"Vratio sam se iz Recife. Zar me nećeš zagrliti?

Christine i Helena srdačno odgovaraju na zahtjev bojnika. Razmjenjuju milovati neko vrijeme.

"Donosim vam dobre vijesti. Gledaj, kakva čast, imao sam privilegiju osobno razgovarati s guvernerom.

"Uvijek sam znao da si veliki čovjek. Otkad sam te upoznala, znala sam da si čovjek mog života. Čovjek vizije i uspjeha. Kupili ste čin bojnika, preselili smo se u Recife, i imali ste sjajnu ideju da se dočepate većeg dijela zemlje koja se nalazi zapadno od Pesqueira. Od tada, imali smo mnogo postignuća. Ponosan sam na tebe, ljubavi moja. (Helena)

Bojnik i njegova supruga grle se i ljube, a Christine je oduševljena scenom. Također je htjela biti sretna kao i njezini roditelji.

"Kakve vijesti imate, oče? Jedva čekam da saznam.

Bojnik ih moli da mu sjednu s ozbiljnim i tajanstvenim izrazom lica.

"Pa, postoje dvije velike najave. Prvi je da će guverner dati punu podršku mojoj kandidaturi za gradonačelnika grada Pesqueira. Drugi, i ništa manje važan, je da sam planirao lijep brak za tebe, Christine. Vaš muž će biti sin važnog pukovnika Rio Branco. Zove se Bernardo i istih je godina kao i ti. Vjenčanje će biti za mjesec dana.

Hladna hladnoća teče niz Christine kralježnicu i malo joj se zavrti u glavi. Je li dobro čula? Ova stvarnost je bila gora od bilo koje noćne more.

"Što? Dogovorili ste mi brak? Nisam to očekivao. Oče, nisam spreman za to. Ne poznajem ga, a kamoli da ga volim. Oprostite mi, ali neću se udati za njega.

"Također se protivim tome. Uvijek sam sanjala da postane časna sestra. Još uvijek se nadam da će se vratiti u samostan. Brak neće donijeti sreću mojoj kćeri.

"Odlučeno je. Mislio si da ću prihvatiti da flertuješ s Claudio? Čak ni u najluđim snovima nije mogao biti moj zet. Nisam odgojio svoju kćer da si dam bilo koga. Što se tiče ljubavi, ne brinite, s vremenom ćete je steći.

Christine počinje plakati zbog cijele situacije. Je li to značilo da je već znao za nju i Claudio? Nije ništa rekao.

"Oče, volim Claudia svom svojom moći. Čak i da ne mogu biti s njim, ne bih ga zaboravila. Ovaj brak koji si mi sredio samo će donijeti nesreću. Osjećam da ovo neće dobro završiti.

"Besmislica. Sve će biti u redu. Što se tiče Claudio, on ti više neće nauditi. Izvadio sam ga iz... cirkulacija.

"Što ste učinili s njim?

"Rekao sam zamjeniku Pompeju da ga uhiti. Tamo će požaliti onog dana kad te dotaknuo.

"Ti si bezosjećajno čudovište. Mrzim te!

Christine napušta kuhinju i zaključava se u svoju sobu. Plakala bi ostatak dana zbog svoje nemoguće ljubavi.

Posjet

Dolazak novog dana nije animirao Christine. Upravo se probudila, ali je ostala nepomična na krevetu. Prethodni dan je bio poražavajući u njenom životu. S vijestima o dogovorenom braku, srce joj je uništeno i njezine nade da će biti sretna. Mogla je misliti samo na Claudio i njegovu patnju. Pokušava ustati, ali njeno oslabljeno tijelo se opire pokušaju. Pokušava jednom, dvaput, tri puta dok ne ustane. Pogleda se u ogledalo i vidi posječenu i poraženu Christine. Što će biti s njom? Može li sakriti gađenje koje je osjećala prema strancu koji će je oženiti? Nakon svega uništavao je prekrasnu ljubavnu priču. Ona bolje odražava i mijenja svoje mišljenje. Njih dvoje nisu krivi. Arhaičan sustav koji kaže da roditelji trebaju organizirati brakove za svoju djecu bio je kriv. Gdje je idolizirana sloboda začeta u Francuskoj revoluciji? Jednostavno nije postojao u Brazilu. Jednakost i bratstvo također su bili daleki ciljevi koje treba postići. U svijetu u kojem su pukovnik vladali nema mjesta ljudskim pravima.

Christine odlazi iz ogledala i odlučuje se okupati. Možda bi joj malo hladne vode umirilo živce i raspoloženje? S tom nadom ide u kupaonicu. Dvadesetak minuta kasnije izašla je u potrazi za malo boljim. Voda stvarno može vratiti sile. Osušila se i obukla lijepu odjeću. Ubrzo nakon toga odlazi na doručak u kuhinju. Otkrila je da joj je Gerusa uslužila majku.

"Gdje je otac?

"Otišao je ranije. Otišao je kupiti stoku na obližnjoj farmi. Kasnije ima poslovni sastanak u Udruzi stanovnika. (Helena)

"Je li još uvijek fiksiran na ideju da me želi oženiti?

"Jučer je bio vrlo jasan. Vjenčanje je zakazano za sljedeći mjesec. Da sam na tvojom mjestu, naučio bih to prihvatiti jer se neće predomisliti?

"Ti, moja majka, nisi mogla apelirati na mene? Ovaj brak neće donijeti ništa dobro za našu obitelj.

"Ne želim se svađati s tvojim ocem. Naš brak je trajao tako dugo jer sam znao biti oprezan i pokoran. Da si me poslušao i ostao u samostanu, ne bi se suočio s ovom situacijom. Bili biste u pravu upravo u ovom trenutku, u punom zajedništvu s našim Gospodinom Isusom Kristom.

"Nisam htjela živjeti tvoj san, majko. Imam svoj život. Postoje mnogi drugi načini služenja našem Gospodinu Isusu Kristu.

"Onda ne traži ništa od mene.

Christine je bila tiha i završila je doručak. Ustaje i poziva Gerusa da je prati u šetnji i spremno se slaže. Njih dvoje odlaze kako ne bi pobudili sumnje Helene. Kad su izvan kuće, Christine prosljeđuje upute sluškinji. Ona prihvaća i njih dvoje nastavljaju hodati. Uputili su se u policijsku postaju gdje je Christine namjeravala vidjeti, makar nakratko, svoju veliku ljubav, Claudio. Bila je shrvana razmišljajući o zločinima kojima su ga podvrgavali. Ubrzala je svoje korake, radujući se što će ga vidjeti.

Nije zaboravila trenutke na planini ili Sucavão gdje se potpuno predala. Otac ju je mogao oženiti drugim muškarcem, ali to ne bi ubilo osjećaj koji je nosila u srcu. Čak ni da je htio, ne bi mogao to učiniti.

Nešto kasnije konačno su došli do policijske postaje. Christine naređuje Gerusa da čeka vani i odlazi u ured delegata.

"Kakvo jako dobro jutro, gospođice Christine, što želite?

"Želim razgovarati sa zatvorenikom, Claudio.

"Žao mi je, ali imam stroga naređenja da ga nitko ne posjećuje. Usput, njegovi roditelji su bili ovdje, a ja sam ih poslao. Zadržan je bez posjetitelja.

"Vrlo dobro znate da je njegovo uhićenje nezakonito. Ako vlasti općine saznaju, u velikoj ste nevolji.

"Stvarno, jedini autoritet koji znam je tvoj otac, bojnik. Taj čovjek je užasan ako mi oprostite što sam to rekao.

"Ne razumiješ me. Želim ga vidjeti sada ili ćeš odbiti odgovoriti na zahtjev kćeri bojnika?

Delegat Pompeu je neko vrijeme razmišljao o tome i odlučio da neće riskirati. Nazvao je jednog od svojih podređenih i naredio im da ostave Claudio samog s Christine, u rezerviranoj sobi. Njih dvoje su se zagrlili i dugo su se ljubili.

"Kako ste? Povređuju li vas?

"Pretučen sam. Biti daleko od tebe je najveća muka. Liječenje i hrana nisu dobri, ali ja sam živ. Bila si u pravu Christine. Tvoji roditelji su vrlo pristrani.

Christine dodaje ruku na Claudio leđa i shvaća da su vidljivi tragovi njegove patnje. Drhtavica prolazi kroz njeno tijelo, i ona počne plakati.

"Zašto se sve ovo moralo dogoditi? Zašto dvoje ljudi ne može imati pravo na slobodnu ljubav? A zahtjev koji smo uputili na planinu? Hoće li se jednog dana ostvariti?

"Imaj vjere u ljubav i u planinu, Christine. Ako smo živi, ima nade, koliko god mala bila. Otišli smo u špilju očaja, čak i ako je to bilo u našoj mašti, i pobijedili smo prepreke i zamke. Pećina može ostvariti najdublje želje.

"Da, to je istina. Često sam, u svojoj mašti, išao u paralelne avione gdje živimo samo nas dvoje. Vidim sebe u braku sa sedmero tvoje prekrasne djece.

"To je put. Međutim, niste trebali toliko riskirati dolaskom ovdje. Ovo mjesto zamrlja tvoju ljepotu. Sve će biti u redu, ne brinite. Ako vidite moje roditelje, recite im da mi nedostaju.

"Riskirao sam jer te volim. Nikad to ne zaboravi. Molit ću se svetom Sebastijanu, hrabrom vojniku, tražeći tvoju slobodu.

"Hvala vam. I ja tebe volim.

Dva zagrljaja, poljubac i na kraju reći zbogom. Po izlasku iz sobe, Christine zahvaljuje delegatu i odlazi. Gerusa je vani, čeka. Christine joj daje još nekoliko instrukcija i njih dvoje se vraćaju kući.

Premlaćivanje

Bojnik Quintino je na poslovnom sastanku u zgradi Udruge stanovnika. Gestikulira, predlaže sporazume i sluša pritužbe članova udruge. Njegov čin bojnika mu je dao pravo da ima zadnju riječ. Usred sastanka, delegat Pompeu se pojavio tražeći pet minuta svoje pažnje. Ispričao se i otišao razgovarati s njim izvan udruge.

"Što je toliko važno da ste morali prekinuti sastanak? Možeš li pričekati da razgovaraš sa mnom kasnije? (Bojnik)

"Došao sam vas obavijestiti da se vaša kći pojavila u policijskoj postaji tražeći razgovor sa zatvorenikom Claudio.

"Što? Niste to dopustili, zar ne?

"Toliko je inzistirala da sam se predao. Na kraju krajeva, ona je tvoja kći.

"Stvarno si nesposoban. Da nisam dao naredbu da nikome ne dopustim da me posjeti? Jedini razlog zbog kojeg niste odmah uklonjeni s radnog mjesta je taj što ste već relevantno servisirali zajednicu. Od danas mu ne dopustite da prima više posjetitelja, čak ni ako je to sam Papa. Kći me još jednom iznevjerila. Mislim da moram poduzeti ozbiljne mjere.

"Pokorit ću se, gospodine. Hvala vam što me niste otpustili.

"Otpušteni ste. Čuo sam dovoljno.

Bojnik se oprašta od delegata i vraća se u zgradu udruge kako bi im dao do znanja da odlazi. Neki ljudi se žale, ali njega nije briga. Zapanjen, odlazi u svoj dom gdje ga Christine čeka, nevino. Naleti misli ispunjavaju zbunjeni um bojnika. Prisjeća se Christine izdaje i njegova krv još više ključa. S kim je mislila da ima posla? Sa sveobuhvatnim i voljenim ocem? Nije ni čekala bojnikovu reakciju. Sjeća se Christine reakcije nakon što je saznala za dogovoreni brak i kako je krivo shvatila. Žar za njegovu obitelj i budućnost njegove kćeri zauzeli su prvo mjesto za njega. Penjao bi se preko svih prepreka kako bi postigao svoje ciljeve. Čak i ako je to značilo da je izgubio ljubav i naklonost svoje jedine kćeri. Zahvalila bi mu kasnije, u budućnosti. Negdje nakon što bojnik stigne kući, otvara ulazna vrata i ulazi. Prva osoba koju vidi je njegova žena, Helena.

"Gdje je Christine?

"Ona je u svojoj sobi, odmara se.

"Nazovite je odmah. Želim razgovarati s njom.

Helena kuca na vrata svoje sobe i zove je. Nekoliko trenutaka kasnije ona se pojavljuje i suočava s bojnikom.

"To si ti s kojim želim razgovarati. Što to čujem o razgovoru s Claudio? Zar ne razumijete da vas dvoje nemate budućnost?

"Srce mi je reklo da se nađem s njim i vidim kakav je. Možeš me prisiliti da se udam za drugog muškarca, ali ne i izbrisati ono što osjećam prema njemu. Naša ljubav je vječna.

"Skupo ćeš platiti što si se suprotstavio meni. Ja sam glavni, najviši autoritet za donošenje odluka u ovoj regiji, a čak ni vi, moja kći, ne možete ići protiv moje volje. Slušajte pažljivo: Od danas vam zabranjujem da odete bez mog dopuštenja i učinit ću nešto što sam odavno trebao učiniti.

Bojnik otkriva kožni remen koji se nalazi na hlačama i brzim potezom hvata Christine jednom od svojih snažnih, muških ruku. Christine pokušava pobjeći, ali ne može. Nemilosrdno, počeo joj je zadavati ozbiljne udarce remenom. Christine vrišti od boli i njezina majka; Helena je pokušava spasiti. Bojnik joj prijeti, a ona se odseli. Stalno tuče

Christine neko vrijeme i kad shvati da je to dovoljno, prestane. Christine pada iscrpljena i ranjena na tlu. Helena joj priskoči u pomoć i bojnik odlazi u mirovinu. Christine plače, ne od boli, već od saznanja da joj je otac bezdušan nitkov. Ne žali ni za čim što je učinila, niti zbog ljubavi koju je osjećala prema Claudio. Bila je spremna patiti zbog nečega što je smatrala svetim. Premlaćivanje i prijetnje bojnika nisu je spriječile da sanja o svojoj pravoj ljubavi. Uostalom, kakvo bi značenje život imao da izgubi nadu da će biti sretna? Zbog ljubavi, riskirala bi da izgubi život ako je potrebno.

Helena pomaže Christine da se istušira i onda se sakupi u svojoj sobi. Nije bila u stanju primiti nikoga ili sudjelovati u bilo kojoj aktivnosti.

Gerusa rođak

Mimozo je dobio novog stanovnika koji je upravo dolazio na željezničku stanicu. To je bila Clemilda, Gerusa rođakinja. Podrijetlom iz Bahia, njezino rođenje bilo je okruženo misterijama. Rođena je točno u trenutku kada je njezina majka sudjelovala u okultnom ritualnom odavanju počasti. Otkad se rodila, djevojka je pokazala određenu prirodnu sposobnost u suočavanju s tim silama. Bojeći se svojih darova, majka ju je napustila nedugo nakon toga na vratima dobrotvorne ustanove. Spasili su je zaposlenici i odgojili kao njihovu kćer. Od njezina usvajanja, tajanstvene pojave počele su se događati u toj istoj instituciji. Staklo i ogledala često su se lomili, požari su se događali bez vidljivog razloga, a zvuk kandži mogao se čuti na krovu i na prozorima. U jednom od tih požara, ona je bila jedino dijete koje je pobjeglo. Institucija je bila zatvorena, i opet je postala siroče. Tada ju je zgrabio beskućnik i počeo prakticirati sitne zločine kako bi preživjela. Njezini darovi su otkriveni, a njezin dobročinitelj počeo ga je koristiti u svoju korist kako bi skupio bogatstvo. Odrasla je varajući, kradući i petljajući s rezultatima lutrije. Nedugo nakon što joj je dobročinitelj umro i bila je slobodna od njegovog utjecaja. Bila je sama u Salvadoru. Zatim je odlučila napisati pismo svojoj rođakinji Gerusa (koja ju je redovito posjećivala i bila jedina obitelj koju je ikada upoznala) u kojem joj je ispričala situaciju. Pozvala ju je da dođe živjeti u Mimoso, gdje je radila kao sluškinja u bogatom domu. Clemilda je spremno prihvatila.

Sada je bila tamo, na stanici, potpuno uvjerena i uvjerena u svoju odluku. Ona će staviti svoj plan u djelo čim je imala potpunu kontrolu nad okultnim snagama. Mimozo bi bio idealno mjesto za njeno kraljevstvo nepravde. Nakon što je osvojila Mimozo, namjeravala je preuzeti svijet. Međutim, da bi se to dogodilo, morala bi uravnotežiti "suprotstavljene snage" i iskoristiti ih u svoju korist. Koraci da se to postigne bili su razmjestiti kletvu, iskriviti pravu ljubav i izazvati tragediju. Sa svime potpunim, mogla je ugušiti pravu religiju i preuzeti kontrolu nad svime.

Provjerava adresu sadržanu u pismu i pita osobu u blizini kako doći do nje. Ona je usmjerena od strane osobe i počinje hodati. Misli su joj pune negativne energije, a razmišlja samo o uništavanju, ponižavanju i izopačenju. U kovčegu nosi proročište koje služi kao posrednik između nje i Boga Tame. Sjeća se svog prvog kontakta s podzemljem i kako se osjećala sretnom i moćnom što je postigla takav podvig. Nakon toga je imala brojne kontakte. Posljednja poruka koju je primila razjasnila je neke činjenice koje su joj nepoznate. Sada je bila spremna djelovati i započeti svoje kraljevstvo nepravde.

Nastavlja hodati i uskoro vidi prekrasan bungalov. Osjeća mješavinu tjeskobe i patnje unutar kuće. Smije se dok uživa u ovakvim situacijama. Hoda malo brže i uskoro dolazi u kuću. Ona plješće i viče da bude zbrinuta. Prođe nekoliko trenutaka i Gerusa dođe otvoriti vrata.

"Moja rođakinja, Clemilda. Kako je dobro vidjeti te ovdje.

"Stigao sam maloprije. Imate li mjesto za mene?

"Ne još. Bojnik je kod kuće i možete osobno razgovarati s njim. Molim vas, uđite.

Clemilda je odmah prihvatila poziv. Ulazi u kuću (u pratnji Gerusa) i odlazi razgovarati s bojnikom. Našla ga je u dnevnoj sobi.

Bojnik, ovo je moja rođakinja Clemilda, koja dolazi iz Bahia. Došla je razgovarati s vašom milošću.

"Drago mi je što smo se upoznali. Moje ime je Quintino i kao što vjerojatno već znate, ja sam najveći politički autoritet na ovim prostorima. Što hoćeš?

"Moj rođak Gerusa pozvao me da dođem živjeti ovdje u Mimoso jer sam bio sam u Salvadoru. Pitao sam se možete li mi, gospodine, naći dobar posao i mjesto za život.

"Pa, jedna od mojih kuća je nenastanjena i s obzirom na to kako ste Vi Gerusa rođakinja, a ona je s nama toliko godina, da vam je mogu dati. Što se raditi, ništa mi sada ne pada na pamet, ali kad vidim dobru priliku, javit ću vam. Je li to sve? Gerusa će vam dati ključeve kuće. U stvari, to je ogroman dvorac. Mislim da bi vam se to moglo svidjeti.

"" To je sve. Hvala.

Drago mi je što je dobila smještaj, vještica je otišla u svoj novi dom. Sljedeći dan bi bio početak njenog okrutnog plana.

"Blagoslov"

Dan nakon Clemilda dolaska, stanovnici prekrasnog bungalova doručkuju. Christine izbjegava razgovarati s ocem jer je još uvijek ogorčena na batine, ona je. Helena i glavni razgovaraju slobodno.

"Misliš da dječak ne želi doći upoznati našu kćer? Ovo mi je apsurdno. (Helena)

"Njegov otac to tako voli. To je održavanje određenog zraka misterije. Šteta što naša kći ne uživa u ideji da se uda. Dao bih sve da je uvjerim da je to najbolje. (Bojnik)

"Zaboravi. Ne traži nemoguće.

Gerusa je frknula i odlučio intervenirati.

"Znam nekoga tko može pomoći. Moja rođakinja Clemilda ima iskustva u vezama.

"Mislim da je to dobra ideja. Gerusa, prati moju kćer u dom gđice Clemilda. Ako uspiješ, nagradit ću te. (Bojnik)

"Ne idem. (Christine)

"Ne moraš to željeti. Nemoj me tjerati da te opet bičem. (Bojnik)

Drhtavica prolazi kroz Christine tijelo prisjećajući se kazne. Nije bila voljna ponovno iskusiti taj osjećaj. Slaže se unatoč tome što to nije njezina volja. Ustaje sa stola i prati Gerusa. Njih dvoje napuštaju kuću i već mogu vidjeti Clemilda rezidenciju, koja se nalazi odmah preko puta.

Christine osjeća hladnoću kao upozorenje da ne bi trebala ići. Međutim, strah od njezina oca bio je veći i odlučila je šutjeti. Nekoliko metara do rezidencije su bili pokriveni. Gerusa kuca na vrata da se sretne. Za nekoliko trenutaka pojavljuje se Clemilda.

"Čekao sam te. Uđi. Ti si Christine, zar ne?

"Kako me poznajete, gospođo?

"Svi komentiraju o tebi. Govore o tvojoj ljepoti i dobrim običajima. Pretpostavio sam kad ste stigli. Pa, uđite.

Gerusa i Christine ulaze, a okolina je bila puna negativnih vibracija. Predmete koji su prethodno činili horor scenu Clemilda je već uklonila.

"Doveo sam Christine ovdje da je savjetujete da prihvati brak koji je bojnik dogovorio. Otporna je na tu ideju.

"Pa, mislim da mogu razgovarati s njom. Gerusa, možeš li nas ostaviti na miru na trenutak? Usput, postoji hrpa stvari koje treba oprati u kuhinji.

"Nikad se ne mijenjaš. Uvijek me pokušava iskoristiti.

Gerusa sluša i odlazi u kuhinju. Clemilda prilazi Christine i počinje kružiti oko nje.

"Vidim čovjeka na tvom putu. Zove se Claudio, zar ne? On je mlad čovjek, mišićav i lijep. Upoznali ste se na poslu i sjeme ljubavi je pohranjeno u vašem srcu. Međutim, razmislite sa mnom, zašto on ne bi bio zainteresiran za vas? Mlada si, lijepa, inteligentna i iznad svega, kći moćnog bojnika. Je li moguće da ljubav koju osjećaš nije uzvraćena? Jamčim vam da će imati svoje razloge: ponos, ambiciju i moć. To je ono što ljudi traže. Ljubav koju si uvukao u srce je samo iluzija.

"Nećeš me tako lako uvjeriti. Znam Claudia i ono što osjećamo je stvarno. Ne moram mu čitati misli da bih bio siguran u njegove osjećaje. Iluzija je taj brak u koji su me uvukli.

"Jeste li smatrali da to može biti samo njegov plan? Zar ne misliš da je čudno iznenadno prijateljstvo koje si započeo? Ljudi su predvidljivi. Ono što žele je završiti na vrhu, bez obzira na osjećaje drugih.

"Tvoja otrovna usta me neće zbuniti. Nisam trebao doći ovdje jer se ne osjećam dobro.

"Čekaj, draga. Dopustite mi da vas blagoslovim kako biste bili sretni u svom braku.

Prije nego što je Christine mogla odgovoriti, Clemilda je stavila ruku na glavu. Izgovorila je nerazumljive riječi i Christine se počela vrtjeti. Vrtlog energije iskočio joj je iz ruku u Christine glavu. Operacija je trajala nešto više od trideset sekundi. Kasnije je Christine skinula ruku i pozvala Gerusa. Ona se javila, njih dvoje su napustili rezidenciju i vratili se kući. Blagoslov je pretvorio Christine u mutanta.

Pojava

Nakon intrigantnog susreta s čarobnicom Clemilda, Christine se počela osjećati potpuno drugačije nego prije. Uobičajene aktivnosti koje je obavljala, a koje su joj pružale zadovoljstvo poput pletenja, čitanja i odlaska na posao postale su zamorne. Ono što je ostalo netaknuto i jedino što je to učinilo je osjećaj koji je imala prema Claudio. Osim toga, oko nje su se počeli događati čudni fenomeni. Pletenje koje je naučila kao dijete odjednom neće ništa formirati. Linije više nisu imale nikakvog smisla. Dok je čitala knjigu, stranicu koju je čitala pogodila je vatrena zraka i izgorjela. Osjetila je kako joj oči gore u tom trenutku. Prolazeći pored metalnih predmeta, privukla bi ih. Svako otkriće, postala je tjeskobna i pitala se što sve to znači. Je li to bilo prokletstvo? Što je postala? Nitko nije mogao znati ili bi na neki drugi način riskirala da bude hospitalizirana i liječnici iz cijelog svijeta će eksperimentirati s njom.

Kako bi izbjegla da saznaju, prestala je izlaziti sa svojim prijateljima i sudjelovala je samo u društvenim aktivnostima koje su strogo potrebne kao što je, na primjer, posao. U svakom trenutku nastojala se kontrolirati jer se fenomen dogodio samo kada je bila emocionalno nestabilna. Da bi se riješila kletve, pribjegla je raznim metodama, ali nijedna se nije pokazala učinkovitom. Ogorčena i ljuta, Christine se sve više izolirala u svom svijetu.

Novi prijatelj

Rutina rada, svakih petnaest dana, bila je praktički jedina društvena aktivnost u kojoj je Christine sudjelovala. Kroz njega je upoznala brojne ljude i sprijateljila se. Među njima je bila i mlada djevojka, istih godina kao Christine, po imenu Rosa. Kongenijalnost je bila obostrana i svaki put kad bi se vidjeli dobro su razgovarali. Jednom takvom prilikom Christine ju je zamolila da dođe u njezinu kuću i spremno je prihvatila. Na dan i u vrijeme kada su se odlučili, Rosa je stigla, dolazeći u vrt kuće, plješćući kako bi se najavila. Gerusa, sluškinja kuće, otvorila je vrata.

"Kako vam mogu pomoći?

"Došao sam razgovarati s Christine.

"Samo trenutak ću je nazvati.

Negdje nakon toga, Christine se pojavi i pozove je da izađe s njom na trijem kuće jer je to bilo vještiji i opuštajuće mjesto za biti.

"Pa, Christine, želim te bolje upoznati. Rekla si mi ranije da ćeš biti časna sestra. Kakav je bio život u samostanu?

"Tamo sam proveo tri dragocjene godine svog života. Pa, časne sestre su bile dobre prema meni iako su bile prilično stroge. Vrijeme posvećeno molitvi bilo je prilično opsežno i to mi je ponekad dosadilo. Vjerovao sam da ako ljudsko biće želi ući u kontakt s Bogom, nije potrebno biti tako nesebičan i predan jer je Bog sveznajući i razumije sve što želimo. S vremenom su shvatili da nemam zvanje i izbacili su me.

"Dakle, napustili ste klaustar i vratili se u svijet. Ne žališ zbog ove odluke?

"Sve ovisi o tome kako gledate na to. Odmah, ne. Međutim, sada kada me otac prisiljava da se udam, mislim da bi bilo bolje da sam tamo. Iako bih to bio samo ja koji se skrivam od nepravednog svijeta u kojem živimo gdje roditelji odlučuju o budućnosti svoje djece.

"Jeste li se ikada zaljubili ili zaljubili?

"Kad sam bio u samostanu, upoznao sam sina vrtlara koji me očarao. Mislila sam da je to ljubav u tom trenutku, ali ubrzo nakon njegovog napuštanja shvatila sam da je to samo strast. Pravu ljubav sam konačno pronašao s Claudio, mojim suradnikom. Međutim, protivljenje mojih roditelja učinilo je našu vezu nemogućom. Moja jedina nada je zahtjev koji sam iznio na planini za koji svi tvrde da je svetinja. Pričaj mi malo o sebi. Jeste li ikada voljeli nekoga?

"Kao što sam rekao, imam dečka po imenu Felipe, sin vlasnika skladišta. Oboje se volimo i možda se jednog dana možemo vjenčati. Roditelji su nas potpuno podržali.

"Zavidim ti. Ne znaš koliko me nerazumijevanje mojih roditelja boli. Voljela bih da sam obična djevojka, a ne kći svemogućeg bojnika.

Suze se slijevaju niz Christine lice, a prijateljica je pokušava utješiti. Teret koji je nosila na leđima bio je pretežak za njihovu nezrelost. Htjela je biti sretna i vidjela je priliku da joj se tako provuče kroz prste. Ostala su joj samo dva dana da se preda vjenčanju bez budućnosti i strancu kojeg je poznavala samo po imenu. Vidjevši da njezina prijateljica više nema želju razgovarati, Rosa se oprostila i obećala da će se vratiti drugi put. Njihovo prijateljstvo bilo je važno za Christine jer se nije osjećala tako izolirano i potpuno napušteno.

Dan prije vjenčanja

Blizina braka uzrokovala je da se Christine sve više uzrujava. Razgovarala je sa svećenikom, razgovarala s prijateljem i još jednom pokušala uvjeriti roditelje da odustanu od ideje da je udaju. Do sada nije dobila nikakve rezultate. Svećenik joj je predložio da podnese ostavku i prihvati svoju situaciju. Kako je to mogla učiniti? Njen život i sreća su bili u pitanju. Naučila je, u samostanu, da su sva ljudska bića slobodna donositi vlastite odluke i voditi vlastite sudbine. Njezina prava potisnulo je društvo u kojem su djeca udana od roditelja. Sa svojom prijateljicom, razmišljala je o njenoj i Claudio budućnosti. Niti jedan od njih nije pronašao pravu i opipljivu alternativu koja bi mogla dovesti njih dvoje da budu zajedno osim nade svete planine i zahtjeva koji je Christine uputila na nju. To joj je jedino preostalo; čekati čudo ili malo vjerojatno da će se dogoditi.

Christine ide prema terasi i počinje gledati nebo. Sjeća se trenutaka provedenih na planini i zvijezda koje su ona i Claudio promatrali zajedno. Oni su bili svjedoci osjećaja koji je ujedinio to dvoje, pa čak i ako bojnik i njegove društvene konvencije to nikada ne bi dopustili, njih dvoje bi se nastavili voljeti. Gledajući u nebo, nada se da će sljedeći svijet biti pravednije i bolje mjesto i da oni koji stvarno poznaju pravu ljubav mogu postići sreću. Sjeća se Boga i kako je naučila kako je divan. Ona traži od Boga da ispuni želje najjednostavnijih sanjara bez potrebe za ulaskom u špilju ili nešto slično. Također traži snagu da izdrži svoje mučeništvo do kraja. Osjećala se kao mutant i bila je razočarana ljubavlju. Plače posljednje suze koje joj je ostalo da zaplače i ode kući.

Tragedija

Konačno je bilo dan, a to je značilo da je stigao užasan dan. Christine se budi, ali se pokušava pretvarati da spava kako se ne bi suočila sa stvarnošću. Tko bi rekao, možda je zaborave i možda je sve što je pretrpjela u posljednjih nekoliko dana bila samo obična noćna mora? Htjela je otvoriti oči i pronaći Claudio, svoju pravu ljubav. Htjela se udati za njega, a ne za stranca, za sina pukovnika Rio Branco. Na trenutak se osjeća kao da je u Sucavão i prisjeća se svakog detalja onoga što se tamo dogodilo. Čini se da ona tamo osjeća snagu vode, muževan zagrljaj Claudio i miriše njegov miris. Ona ulazi duboko u tu misao dok je glas ne uznemiri i vrati u stvarnost. To je bila njena majka.

"Christine, moja kći, probudi se, svatovi već stižu. Jeste li zaboravili da će se održati u 8:00 ujutro?

"Oh, majko, imaj strpljenja. Jedva sam spavala cijelu noć razmišljajući o ovom braku.

Christine se diže prilično ćudljiva i odlazi u kupaonicu kako bi se okupala. Majka joj čeka u sobi. Dvadesetak minuta kasnije vratila se i pronašla svoju prekrasnu haljinu raširenu na krevetu. Ona to promatra i misli da je to lijepo, iako melankolična. Majka joj pomaže da se obuče i našminka. Sa svime što je spremno, prilazi ogledalu da vidi kako izgleda. Ona vidi slomljeno srce verziju sebe, iako je lijepo sastavljena. Razmišlja o ideji što će se dogoditi i o svojoj budućnosti uz nepoznatog čovjeka. Odjednom, ogledalo pukne i pukne, s velikim ugrizom. Christine vrišti i njena majka juri u pomoć. Srećom, nije se ozlijedila. Osjeća bol u prsima i pita se što će se dogoditi. Sjeća se svojih ponavljajućih snova. Majka je smiruje i kaže da nije ništa. Njih dvoje odlaze u dnevni boravak kako bi upoznali obitelj mladoženje i primili neke goste. Bojnik uzima Christine za ruku i počinje je predstavljati.

"Gospodine Henrique, ovo je moja kći Christine. Zar nije lijepa?

"Da, jako je lijepa. Moj sin je sretan čovjek. Danas će se dovršiti sjedinjenje naših obitelji i to me jako veseli.

Christine tjera smijeh kako ne bi bila neugodna. Majka mladoženje također pokušava biti ljubazna.

"Nakon što se vjenčate ako vam je potrebna bilo kakva pomoć, ne ustručavajte se pitati mene. Žene naše obitelji su vrlo bliske.

, sestra mladoženje, također istupa i hvali Christine kosu. Bojnik i Helena dočekuju svoje goste koji još pristižu. Kada sat otkuca točno u 8:00 ujutro svi izlaze na terasu gdje će se odvijati brak. Christine je hodao bojnikom do improviziranog oltara. Na putu do oltara može ukratko vidjeti lica s tjeskobnim izrazima. Ona vidi vrhovnu majku i časne sestre koje su živjele s njom u samostanu. Također vidi svoje prve profesore i rođake koji su došli iz Recife. Sve u svemu, ona može osjetiti iščekivanje i uzbuđenje trenutka. Krećući se još malo naprijed, već može vidjeti mladoženju i oca Chiavaretto. Odjednom, bijes u njoj preuzima je i čini da mrzi oboje. Zašto je taj čovjek po imenu Bernardo pristao oženiti je? Uostalom, bio je čovjek i imao je više slobode djelovanja. Predala bi se braku bez budućnosti i bila bi nesretna do kraja života. Što je s ocem? Kako se zaključao u sudjelovanje u toj farsi? Crkva je trebala biti uz nju i biti njezin suučesnik, a ne prihvatiti situaciju.

Približava se mladoženji i njezin bijes se ne smanjuje. Vidjevši ga, zraka munje dolazi ravno iz njenih očiju i udara ga ravno u prsa. Pao je, mrtav. Gužva u publici se uzburka i Christine padne pod njegove noge.

"Ona je čudovište! (Neki vrisak)

Glavni djeluje brzo i šalje svoje pristaše da pomognu Christine ustati i zaštititi je od bijesne gomile. U međuvremenu, časne sestre se križaju, ne vjerujući u ono što su upravo vidjele. Mladoženjina obitelj pokušava izvršiti pritisak na delegata da djeluje, ali bojnik odbacuje njegove postupke. Na kraju, Christine je spašena, a bojnik šalje goste. Zabava i sve svečanosti su otkazane. Dogovoreni brak rezultirao je tragedijom.

Crni oblak

Nakon završetka tragedije, Clemilda je počela bacati čaroliju koja će stići do cijele regije Mimoso. Imala je ovlast to učiniti jer je ispunila tri koraka: postavila je kletvu, iskrivila pravu ljubav i izazvala tragediju. Služba neskromnog bila je spremna za akciju, gušeći kršćanstvo. Približi se kotlu i stavi posljednje sastojke u njega za svoju čaroliju. Izgovarajući nerazumljive riječi, ona pleše oko nje. Odjednom se zaustavlja i dubokim, snažnim glasom kaže: "Tamni oblak, pojavite se!

Odmah, veliki, crni, debeli oblak pokriva nebo Mimoso. Sunce je također prekriveno i time se prirodno svjetlo neba značajno smanjuje. Kletva je programirana da stupi na snagu svaki dan nakon 12:00. S ovim, vještica bi udvostručila svoju moć i mogla bi djelovati slobodnije.

Mučenici

Ubrzo nakon raspoređivanja crnog oblaka, vještica počinje djelovati. Unajmila je dva pogana, Totonho i Cleide da joj pomognu u okultnim djelima. Osim toga, uputila je njih dvoje da se riješe predstavnika kršćanstva u tom mjestu. Prve žrtve bili su otac Chiavaretto i fra Nunes, koji je posjetio Mimoso. Osim toga, nekim je vjernicima odrubljena glava, a drugi su stavili kolce kako bi izgorjeli u lomačama. Nakon ubojstava počeli su uništavati malu kapelicu koja je podignuta u čast Sv. Sebastijana. Nije ostalo gotovo ništa osim križa koji je ostao netaknut unatoč pokušajima da ga se uništi. To je bio simbol da je kršćanstvo još uvijek živo i da može reagirati.

S potpunom dominacijom, krug "suprotstavljenih sila" se raspao i iznjedrio je neravnotežu. Ako bi situacija ostala ovakva dugo vremena, Mimoso bi riskirao nestanak. To je zato što sile dobra ne bi ostale zarobljene prije ovog svetogrđe. Na kraju, to bi rezultiralo nepredvidivim ratom koji bi mogao uništiti oba svijeta.

Kraj vizije

Slijed slika iz vizije koja mi je ispunila um iznenada je prestao. Svijest se postupno vraća i nalazim se kako držim stranicu novina s naslovom: Christine, Mlado čudovište. Promatram to i mislim da je naslov neadekvatan jer tragedija koja se dogodila ni na koji način nije bila njezina krivnja. Bila je samo još jedna žrtva okrutne i moćne čarobnice Clemilda. Odjednom počinjem shvaćati zašto je došlo do mog putovanja kroz vrijeme i moje pobjede nad pećinom. Bio sam dio zavjere sudbine da pokušam izvući blagoslovljenog Mimoso iz oružja tragedije. Moja misija je bila ujediniti "suprotstavljene snage" i pomoći vlasniku vriska koji se čuo u špilji. Bio sam siguran da je vlasnica tog glasa prelijepa gđica Christine. Čekala me aberacija, totalno ogorčena Christine. Morao bih je uvjeriti da reagira i da mi bude saveznik u borbi protiv sila zla. Na kraju, morao bih se sjetiti učenja čuvara i strašne špilje očaja, špilje koja je ostvarila moje snove i učinila me gatara. Sada sam imao novi izazov i bio sam spreman ispuniti ga.

S novinama u ruci, pročitao sam cijelu priču o Christine. Tvrdili su da je čudovište od djetinjstva i da je tek tada otkriveno. Mješavina ogorčenosti i bijesa ispunjava cijelo moje biće. Kako su ti novinari imali hrabrosti to objaviti? Iskoristili su tragediju da iznesu laži. Christine nikada nije bila, niti je mogla biti čudovište. Upravo ju je proklela zla i perverzna vještica. Na dobrim ljudima je bilo da joj pomognu i ozdrave je. Stalno čitam novine i tvrde da je Christine bila mlada buntovnica koja je napustila samostan zbog lošeg ponašanja. Opet sam revoltiran. Želim potegnuti cijele novine. Prokleti novinari iskrivljuju sve kako bi zaraditi novac. Christine je bila mlada, pokorna djevojka i slijedila je savjet svoje majke da se skupina u samostanu. Kad su sestre shvatile da nema zvanje, izbacile su je. Prestao sam čitati vijesti jer to nije bila istina. Vizija mi je bila dovoljna da znam na čemu sam. Uzmem novine i vratim ih u ladicu kabineta, pored stola, odakle sam ih nabavio. Ustajem i počinjem sastavljati plan djelovanja u svom umu. Morao bih nekako ujediniti "suprotstavljene snage" i pomoći Christine da pronađe pravu sreću. Prilazim vratima i upravo ih otvaram.

Svjedočanstvo

Kad se otvori, iznenadio sam se kad sam vidio okupljanje ljudi u malom predvorju hotela. Što je sve to značilo? Približim se da mogu pitati.

"Što se ovdje događa?

Pompej, delegat, govori.

"Ovdje smo jer su protiv vas iznesene ozbiljne optužbe. Moraš poći s nama.

Delegat signalizira svojim podređenima i donose lisice. Stavili su mi ih na zapešća, a ja se osjećam nepravdom, kao rob u stara vremena. Carmen pokušava intervenirati, ali delegat ne sluša.

"Je li to stvarno potrebno? Imam čistu savjest.

"To ćemo vidjeti na stanici, sine. (Bojnik)

Poštujući njegove zapovijedi, počinjem hodati i vlak također odlazi. Po izlasku iz hotela, shvaćam da je bilo puno više ljudi prisutnih, zainteresiranih za ono što se događa. Što su htjeli od mene? Jesam li počinio zločin? Otkad sam stigao u Mimoso, jako sam se trudio da ne skrenem pozornost na sebe. Međutim, sada sam bio vezan lisicama i odveden u policijsku postaju. Počinjem se brinuti što da im kažem. Nisam mogao reći cijelu istinu i ugroziti misiju. Morao bih se braniti od optužbi zdravim razumom i inteligencijom. Počinjem razmišljati o Claudio i načinu na koji je bačen u zatvor. Smislio bih način da izbjegnem da mi se isto dogodi.

Desetak minuta nakon izlaska iz hotela konačno stižemo u impozantnu policijsku postaju. Bojnik Quintino i delegat Pompeu dolaze sa mnom. Ostali su vani i čekaju odluku. Po ulasku u delegatov privatni ured, skinuli su mi lisice i time mi je više laknulo.

"Pa, sjednite, gospodine Gatara. Ja sam sada taj koji će postavljati pitanja. Prvo, koje je tvoje pravo ime i odakle si? (Delegat)

"Zovem se Aldivan i ja sam iz Recife.

"Što radiš ovdje ako si iz Recife? Koja je tvoja profesija?

"Ja sam novinar Kapitalne novine i došao sam tražiti dobru priču. Uvjeravam vas; Moje namjere su najbolje moguće. Nisam kriminalac i ne želim nikoga povrijediti.

"Što imate za reći o nemilosrdnim ispitivanjima kojima ste podnosili ljude ovog mjesta? Što točno misliš radeći ovo?

"To je dio mog posla, strategija u kojoj se prikupljaju informacije. Međutim, ako je ovo postalo neugodno za bilo koga, prestat ću.

"Kao što možda znate, kraljica Clemilda je donijela odluku protiv vaše osobe. Što kažete na to? Igrom slučaja, jesi li ti, njen neprijatelj?

"Mislim da je bolje da ne odgovorim na to pitanje.

"Pa, nemam više pitanja. Bojniče, imate li još pitanja koja mu želite postaviti?

"Da. Želim znati radi li za protivnike vlade.

"Ne, uopće ne. Ne želim se miješati u politička pitanja iako mislim da je sadašnji sustav prilično nepravedan.

"Pa, gospodine Aldivan, mislim da ću vam dopustiti da ostanete u zatvoru nekoliko dana da provjerite je li sve što je ovdje rečeno istina.

"Neću ostati ovdje. Ovo nije fer. Ako doneseš ovu ćudljivu odluku, osudit ću te guverneru koji mi je blizak prijatelj.

Bojnik i delegat su zaprepašteni mojom reakcijom i vijestima koje sam upravo dao. Okupljaju se kako bi komunicirali u tišini i odlučili da ne riskiraju. Na kraju sam pušten unatoč protestima nekih ljudi ispred policijske postaje. Moj plan je uspio.

Povratak u hotel

Kada napustim stanicu, počinjem se pitati zašto su ljudi u Mimoso reagirali tako pasivno. Živjeli su pod tiranijama okrutne vještice i bojnika. Mislim da je strah taj koji zaustavlja bilo kakvu odmazdu od njih.

Odjednom se počinjem prisjećati tri vrata koja sam morao izabrati da bih napredovao u pećini. Predstavljali su strah, neuspjeh i sreću. Tamo sam naučio kontrolirati svoje strahove i suočiti se s njima unatoč svim čimbenicima u špilji koji su me usporedili da me spotaknu kao što su mrak, neočekivano i sve zamke. Također sam naučio suočiti se s neuspjehom ne kao kraj, već kao nastavak novog plana. Na kraju sam izabrao vrata sreće. Mnogi su robovi svog svakodnevnog života, egoizma, morala, srama i vlastitih sposobnosti sanjanja. To su oni koji ne uspiju i boje se. Oni čak i ne riskiraju ulazak u pećinu kako bi ostvarili svoje želje. Postaju nesretni ljudi bez ljubavi prema sebi.

Gledam na svoju stranu. Vidim ljude koji me još ni ne poznaju koji su jako ljuti zbog mog puštanja iz policijske postaje. Na dnu srca, već su mi sudili i osudili me. Koliko često to radimo? Koliko često mislimo da posjedujemo istinu i da imamo moć osuditi? Sjetite se što je Isus rekao: Prvo izvadite zraku iz vlastitog oka prije nego što je usmjerite prema bratu svomu. Rekao je to zato što svi imamo mane, a to čini naše prosudbe djelomičnim i nejasnim. Samo oni koji poznaju ljudsko srce i koji su slobodni od svih grijeha mogu sve jasno vidjeti. Posljednji put tražim te ljude i žao mi ih je jer više vole svoj pohlepni osjećaj za pravdu nego da razmišljaju o vlastitom životu. Ostavim ih i nastavim put natrag u hotel. Počinjem mentalno organizirati svaki korak koji bih napravio da ujedinim "suprotstavljene snage" i pomognem gđici Christine. Bila je vlasnica tog vriska koji sam čuo u pećini očaja i koji me je doveo do putovanja kroz vrijeme. To je putovanje za mene bilo dio procesa duhovnog i ljudskog poboljšanja i istodobno je imalo svrhu ispravljanja nepravdi. Nastavljam hodati i nakon pet minuta dođem do hotela. Renato i Carmen čekaju na ulazu. Oni su moji drugovi u ovoj borbi. Sljedeći dan bi bio najprikladnije vrijeme za početak mojih planova.

Ideja

Prve zrake sunca miluju moje lice i sila prirodnog svjetla me upravo probudila. Ostajem nepokretan neko vrijeme jer nisam imao tako dobru noć. Još uvijek sam se prisjećao noćne more koju sam imao sinoć zbog koje sam se probudio. U snu sam bio s nekim mladim ljudima koji su pričali o mojoj knjizi. Govorio sam o svojim očekivanjima i nadama da ću dobiti komercijalnog izdavača za to. Dolazi mali vrag koji gnjavi i plaši sve. Ljudi su pobjegli, a demon, koji nije pokazao svoje lice, uzviknuo je: "Dakle, sve ste shvatili!

U tom trenutku, noćna mora završava, a ja se budim usred noći, obilno se znojeći. Što je to značilo? Ima li to veze s poviješću Mimoso? Nisam bio siguran. Ono što sam znao je da želim imati pristojno mjesto u svemiru i da su moja sudbina i moj poziv u književnosti, slijedio bih ga s velikom strašću. Uostalom, zašto sam ušao u špilju ako nisam postao Gatara, netko sposoban nadići vrijeme, predvidjeti budućnost i razumjeti najviše zbunjena i uznemirena srca? S tom mišlju, okrenem se u krevetu i ustanem. Promatram Renata koji još spava i pitam se zašto je skrbnik toliko inzistirao da ga povedem sa sobom. Do sada je jedva pridonio. Što bi dijete moglo učiniti za mene? Nisam znao. Skrećem pozornost s njega i odlazim u kupaonicu da se brzo okupam. Kupka bi me ostavila pristupačnijim. Uđem, uključim vodu i već počnem osjećati prednosti. Mislim na svoju obitelj, i osjećam nostalgiju za domom. Sjećam se svoje majke i sestre i kako su bile tako suprotne mom snu. Osjećaj oprosta napada moje biće i na kraju zaboravim tu činjenicu. Na kraju krajeva, ja sam bio taj koji je morao vjerovati u svoj talent i poziv. Osim pranja tijela, pokušavam očistiti um od bilo kakvih nečistoća jer sam morao biti spreman prevladati prepreke i izazove koji se mogu pojaviti. Isključim vodu i sapun.

U tom trenutku mali pad, sam po sebi, dodiruje moju glavu i odmah putujem kroz udaljene dimenzije. Vidim se na nebu, razgovaram s anđelima i pitam ih koji je smisao života. Kao odgovor, čujem zvonjavu, i to me još više zbunjuje. Nakon anđela razgovaram s apostolima i jedan od njih mi kaže da sam vrlo poseban Bogu. Smatra me svojim sinom. Vidim, iz daljine, Djevicu i ona mi izgleda isto kao i drugi put kad sam je vidio: čista i mudra. Nakon toga vidim Isusa Krista na njegovom prijestolju, sa svom njegovom slavom, i on mi kaže da budem dobar i da vjerujem svom talentu. Sve se to dogodilo u manje od jedne sekunde, vrijeme kada mi je trebala kap vode da mi dotakne glavu. Onda vidim slavinu, vodu kako teče niz moje tijelo, i vraćam se u stvarnost. Odlučio sam ga isključiti jer sam dovoljno čist. Izlazeći iz kupaonice, nađem Renata kako još spava, i uzrujana sam. Snažno tresem njegovo tijelo da ga probudim. Ustaje gunđajući i ide se okupati. Koristim ovu priliku da odem u kuhinju hotela i doručkujem. Kad stignem, svi su me dobro primili, a Carmen mi servira grickalice.

"Misliš da vas je jučer delegat pustio samo tako? (Rivanio, BiH)

"Uspio sam ga uvjeriti. Nije imao razloga da me drži zatočenog tamo.

"Posrećilo ti se, dečko. Uobičajeno je u ovom selu da se dogode mnoge nepravde. Primjer je Claudio. Uhićen je jer se spetljao s bojnikovom kćeri. (Gomes)

"To je stvarno sramota. Kad bih mogao učiniti nešto za njega...

"Bolje ti je da se ne usuđuješ. Bojnik bi te smatrao svojim neprijateljem i to bi bila noćna mora. Metode koje bojnik koristi za suočavanje sa svojim neprijateljima nisu ugodne. (Carmen)

Upozorenje od Carmen me ostavilo prilično reflektirajućim. Morao sam biti oprezan jer bojnik i vještica nisu trebali biti zavarani. Gazio sam po neprijateljskom teritoriju i morao bih odigrati prave poteze da izađem kao pobjednik. Razgovor se nastavlja i drugim temama, a ja završavam doručak. Čim završim, Carmen me zove na privatni razgovor.

"Pa, vrijeme je da razgovaramo o plaćanju kao što sam ranije rekao. Imate li novca?

Pitanje me malo iznenadilo, ali sjetio sam se da sam neke ponio sa sobom na put. Ispričao sam se, pogledao u torbu i vratio se s sitnišem. Carmen je uzela novac i pitala.

"Iz koje zemlje je taj novac? Nikad nisam čuo za "Reais." Nažalost, ne mogu to prihvatiti. Želim nacionalnu valutu.

Odgovor Carmen bio je poput šamara u lice i onda sam shvatio da 1910. moj novac nema vrijednost. Nisam imao odgovor.

"Pa, vidim da nemaš novca. Onda ćeš morati naći posao da mi platiš. Kako bi bilo da radiš za bojnika kao novinar?

"Mislim da to nije dobra ideja. Međutim, to je jedina opcija koju imam. Razgovarat ću s bojnikom i tražiti posao.

"To je put. Želim vam sreću.

Carmen me zagrlila i povukla u mirovinu. Njena ideja nije bila tako loša. Imao bih priliku upoznati Christine i tko zna, možda čak i imati kontakt s njom.

Lik bojnika

Ubrzo nakon razgovora s Carmen i njom nakon što mi je dala ideju, odlučio sam sve to postaviti. Uostalom, sat je otkucavao, a ja sam sada imao nešto više od dva tjedna da okupim "suprotstavljene snage" i pomognem Christine da pronađe svoju sudbinu. Imajući to na umu, otišao sam u svoju sobu, obukao dobru odjeću i otišao. Po izlasku iz hotela počinjem se koncentrirati i razmišljati o najboljem načinu liječenja bojnika jer je bio težak čovjek, vrlo pun predrasuda, ponosan i pretjeran. Christine i Claudio su bile neke od žrtava njegovog načina razmišljanja i djelovanja. Nisam htio postati još jedan i trebao bih odabrati prave riječi. Nastavljam razmišljati o bojniku i razmišljati o brojnim poteškoćama kroz koje je prolazio kada je bio dijete. Međutim, čini se da nije ništa naučio jer nije mogao propustiti priliku poniziti i nauditi ljudima. Život mu je otvrdnuo srce i dušu. On nije bio ničija ideja o savršenom šefu, ali mi je trebao posao da ispunim svoje planove.

Na trenutak prestanem razmišljati o tome i malo ubrzam jer sam blizu bungalova. Pogledam oko sebe i ljudi koje vidim su tužni i u skladu. Mislim da su ljudi u Mimoso djelomično odgovorni za trenutnu situaciju tiranije i nepravde koja se događa na ovom mjestu. Dominirala je zla vještica i glavni predstavnik pukovnika. Jedan je prijetio ljudima crnom magijom, a drugi je koristio silu za zastrašivanje i maltretiranje. Oboje bi mogli biti poništeni ako se svi ujedine u pobuni protiv njih. Nedostatak inicijative i konformizma držali su ih u istoj situaciji, dominirali. Dakle, sile dobrog djelovanja su me natjerale da putujem na planinu za koju su svi govorili da je sveta. Tamo sam upoznao čuvara, mladu djevojku, duha, dječaka, izveo tri izazova i ušao u špilju sposobnu ostvariti najdublje snove. U pećini sam izbjegao zamke i napredne scenarije dok nisam došao do kraja. Pretvorio sam se u Gatara, i putovao sam kroz vrijeme loveći glas koji nisam znao. To je bio glas gđice

Christine, nedavno promijenjene kćeri bojnika. Bojnik s kojim bih se sada zaposlio i platio ono što dugujem Carmen. Konačno, došao sam u bungalov i sluškinja kuće me došla pozdraviti u vrtu.

"Kako vam mogu pomoći, gospodine?

"Zovem se Aldivan i novinar sam. Želim razgovarati s bojnikom. Je li kod kuće?

"Da. Uđite, on je u dnevnoj sobi.

Sa srcem koje mi lupa, ulazim u prekrasan bungalov. Moja tjeskoba i nervoza su me ubijali. Uđem u sobu i pozdravim bojnika.

"Što vas dovodi ovdje, gospodine Gatara?

"Pa, kao što vaša Ekselencija zna, ja sam novinar. Dakle, mislio sam da će vaša Ekselencija možda trebati moje usluge i odlučio sam doći ovdje pregledati svoj ugovor.

"Gledajte, ne poznajem vas dobro i još uvijek nisam siguran jeste li špijun ili pripadate oporbi. Mislim da vam ne mogu pomoći.

"Jamčim da sam pouzdan, a bojnik poput vas treba novinarsku potporu koju će odobriti društvo. To je kako kaže izreka; Mediji su ti koji stvaraju čovjeka.

"Gledajući na to na taj način, mislim da bi to mogla biti dobra ideja. Napravimo eksperiment da vidimo radi li. Međutim, ako naškodite mom imidžu, bit ćete tretirani kao neprijatelji, i možda ste čuli da to nipošto nije ugodna stvar koja se dogodila. Što se tiče plaće, to će biti dobar novac. Ne morate brinuti.

"Hvala vam. Obećavam da vas neću razočarati. Kada počinjem?

"Želim da moje ime kruži Pernambuco. Želim biti legendaran i zapamćen od strane mnogih generacija.

"Bit će tako, bojnice. Obećavam vam.

Oprostio sam se i otišao. S obavljenom misijom osjećam se opuštenije i samopouzdanije. Uvjeravanje bojnika nije bilo tako teško jer je bio žedan moći i slave. Igrao sam na njegovu slabost i tako sam izašao kao pobjednik.

Posao

Bojnik mi je dao prve instrukcije i počeo sam raditi na tome da unaprijedim njegovo ime. Uglavnom, moj posao je bio da ga ojačam širenjem njegovih djela i usluga lokalnom stanovništvu i doprinesem njegovoj kampanji kada će se kandidirati za načelnika općine. Ovi zadaci me nisu doveli u udoban položaj jer sam bio potpuno suprotan idealima pukovnika sustava i stavu bojnika. Međutim, znao sam da je ovo jedina prilika da se približim Christine jer je bila potpuno rezervirana nakon tragedije. Moj moto je bio: To je kraj koji opravdava sredstva. Jedan od prvih članaka vijesti koje sam morao otkriti bio je sljedeći: glavni koji pomaže potrebitim obiteljima. Precizirao sam datum, govorio o dobroti bojnika i njegovim postupcima, i spomenuo zahvalu ljudi i katastrofalnu situaciju u kojoj su se nalazili. Međutim, najvažnija stvar nije objavljena. Nisam spomenuo da je novac korišten za kupnju košara s hranom došao od poreza i da je zauzvrat bojnik zahtijevao od obitelji da glasaju za njega za gradonačelnika. Čin "dobrote" nije bio ništa drugo nego igra interesa koja je bila vrlo popularna za vrijeme vladavine pukovnika sustava. Sada sam postao suučesnik ovog sustava čak i protiv svoje volje. Pokušavam više ne razmišljati o tome i nastaviti raditi. Moja strategija je sada bila pronaći način da komuniciram s Christine i dopustim joj da sama pronađe svoju sudbinu.

Prvi susret s Christine

S puno proizvedenog materijala prilazim bungalovu u kojem živi bojnik. Njegovo odobrenje bilo je potrebno za daljnju objavu djela. Usput, ideje dolaze do mene, i mislim da bih mu ih spomenuo. Mislim bolje o tome i na kraju odustajem od ideje jer je bojnik bio tvrd čovjek i općenito nije prihvaćao prijedloge. Hodam još nekoliko koraka i na kraju dođem u rezidenciju. Kad pljesnem, lijepa djevojka me dođe pozdraviti.

"Što želite, gospodine?

"Došao sam razgovarati s bojnikom.

"On nije ovdje. Možeš li doći drugi put?

"Nema problema. Mogu li razgovarati s vama? Vi ste gospođica Christine, zar ne?

"Da. Zovem se Aldivan i novinar sam Dnevne novine. Radim za tvog oca.

"Moj otac je govorio o tebi. Radiš članke o njemu, zar ne?

"Da. Osim toga, zanima me tvoja priča. Možemo li razgovarati na trenutak?

"Moja priča? Mislim da vas se to ne tiče.

"Inzistiram. Mogu vam pomoći da pronađete sebe. Dajte mi priliku.

Odjednom, Christine oči se fiksiraju na moje i naše lance misli. Za nekoliko trenutaka, može me malo bolje upoznati. Ona razmišlja neko vrijeme i odlučuje.

"U redu, nabavit ću dvije stolice da sjednemo ovdje na trijemu.

Ulazi u kuću i vraća se ubrzo nakon toga. Ona sjedi pored mene, a ja mogu namirisati njezin prekrasno prirodni mirisni parfem.

"Pa, Christine, ono što mi je privuklo pažnju je vijest koju sam nedavno pročitao u novinama u Recife. Govorio je o tragediji i o tebi kao osobi.

"Ono što je napisano je istina i prijavljeno je diljem Pernambuco. Ja sam čudovište! Ja sam čudovište! Okončao sam život tom dječaku. Bio je žrtva te situacije kao i ja. Sada, nakon tragedije, sama sam i svi bježe od mene. Nemam više prijatelja, čak ni Boga. Ja sam na dnu.

"Ne govori to, Christine. Ako se osjećate krivim onda prestanite jer je ono što se dogodilo bila prljava zavjera sila zla koje je predstavljala Clemilda. Uzeli su ti sve, čak i tvog Boga. Ako reagirate, možda ima nade.

"Kako ti sve to znaš? Tko si ti zapravo?

"Da ti sada pokušam objasniti, ne bi razumjela. Želim da znaš da u meni imaš sjajnog prijatelja, zauvijek. Više nisi sama.

Suze se slijevaju niz Christine lice mojom iskrenošću. Zagrlila me i rekla da joj u zadnje vrijeme nedostaje naklonosti. Pokušavam ponovno pokrenuti razgovor.

"Reci mi, kakvo je bilo tvoje iskustvo u samostanu. Jeste li tamo pronašli Boga?

"Da, jesam. Međutim, Boga možemo pronaći bilo gdje. On je u vodi vodopada koji se spušta, potpuno dostavljen na odredište, on je u pjevanju ptica u zoru, i on je u gesti majke koja štiti svog sina. U svakom slučaju, on je u nama i traži da ga se stalno čuje. Kad sam to shvatila i naučila ga slušati, shvatila sam da moj poziv nije poziv da budem časna sestra. Naučio sam da mu mogu služiti na druge načine.

"Divim vam se zbog ove geste i slažem se s vašom definicijom. Koliko se ljudi obmanjuje cijeli život i prepušta se životnim putevima koji nisu za njih. Ponekad se to događa pod utjecajem roditelja, društva ili jednostavno ne znajući kako slušati taj unutarnji glas koji svi imamo i koji vi zovete Bogom. Otkad si odlučio napustiti religiozni život, pretpostavljam da si pronašao ljubav.

"Da, ali ne želim pričati o tome. Još uvijek boli toliko, tragedija, i svi događaji koji su joj prethodili.

Odlučio sam poštovati Christine šutnju i ne usuđujem se pitati je ništa više. Opraštam se i pitam možemo li razgovarati neki drugi put. Ona kaže da i to me čini sretnim. Moj prvi susret s Christine je bio uspješan.

Povratak u dvorac

Nakon prvog susreta s Christine, odlučio sam se ponovno suočiti s moćnom čarobnicom Clemilda. Morala je znati da su sile dobra na djelu i da se Ministarstvo zla bliži kraju. Idem opet u strašni crni dvorac. Ima isti aspekt kao i vrijeme prije i počinjem drhtati, nepravilno dišem i srce mi je bilo prilično ubrzano. Kakva je to mističnost bila? "Suprotstavljene snage" su vikale u meni. Dok se približavam, problematični i zbunjeni glasovi pokušavaju me maknuti s puta. Kleknuo sam na pod i pokušao razbistriti um da nastavim. Glasovi su jaki. Počinjem se prisjećati učenja čuvara, izazova i špilje. Također se sjećam svoje meditacije i kako mi je to pomoglo. Primjenjujem ono što sam naučio i počinjem se osjećati bolje i mogu nastaviti. Ustajem i hodam zadnjim koracima, konačno stižem. Pristupna vrata se odmah otvaraju i bez straha prolazim kroz nju. Horor scena vremena prije se ponavlja, ali ne obraćam više pozornosti na nju. Čvrst i odlučan, idem u hodnik gdje me dočekuje Totonho, jedan od Clemilda pajdaša. Poslao me u sobu. Unutra, u sredini, je Clemilda nosi kapuljaču.

"Čemu dugujem čast još jednog posjeta Gatara? Jesi li došao čestitati na poslu koji radim na ovom rustikalnom mjestu?

"Ne početi sa mnom. Znaš, čak i više od ja, da neravnoteža u "suprotstavljenim silama" prijeti Mimozu, pa čak i svemiru. Želim da što prije odete odavde. Bol koju ste nanijeli ljudima, posebno mlada djevojka po imenu Christine je previše. Drago mi je da sam se sprijateljio s njom i počinjem je tjerati da vidi svoju sudbinu.

"Sumnjam da ćete je moći uvjeriti da bude samouvjerena, potpuno bez krivnje, mlada djevojka. Tragedija je utjecala na njezina osjetila i osjećaje. Što se 1 misao raditi o "suprotstavljenim silama", u pravu si, ali neće me biti lako izvući odavde. Predlažem nagodbu. Ako uvjerite Christine da stvarno promijeni smjer i ako završite tri izazova u tri različita dana, imat ćete pravo na konačnu bitku. "Suprotstavljene snage" susret će se i suočiti jedna s drugom, a tko pobijedi, vladat će vječno.

"Bitka? Zar nije opasno? Svemir je u opasnosti da nestane ako nešto pođe po zlu.

"Nemaš izbora. Uzeo ga je ili ostavio. Stvarno želiš spasiti Mimoso? Onda se suoči sa silom "Tame".

"Dogovor. Učinit ću to.

Rekavši to, povukao sam se iz sobe i tražio izlaz. Trebao je početi rat između "suprotstavljenih snaga", a ja sam bio jedan od glavnih likova ovog sukoba. Nisam znao što će se dogoditi, ali bio sam spreman učiniti sve da preokrenem neravnotežu "suprotstavljenih snaga" i pomognem Christine.

Poruka II

Sastanak s Clemilda mi je dao do znanja da moram odmah reagirati i staviti svoj plan u djelo. Rat između "suprotstavljenih snaga" je objavljen i ja sam imao važnu ulogu u njemu. Pa sam odlučio napisati poruku, naslovljenu na Christine, pozivajući je na još jedan sastanak. Nakon što sam ga napisao, nazvao sam Renata i zamolio ga da dostavi poruku u njezine ruke. Uzeo ga je i otišao bez odlaganja. Dvadesetak minuta kasnije vratio se i sa sobom donio odgovor. Pažljivo zgrabim papir i polako ga otvorim kao da se bojim odgovora. Sadrži sljedeću poruku: Nađemo se u 7:00 na putu za Climério. Drago mi je čuti da je prihvatila poziv i moje nade da ću nadoknaditi njeno povećanje. Bila je ključni igrač u borbi protiv sila koje su nam se suprotstavljali.

Putovanje u Climério

Dan sastanka je konačno došao. Ustanem i organiziram najprikladniju strategiju koja će se koristiti na sastanku. Odem u kupaonicu i okupam se, operem zube i odem na doručak. Nakon završetka svih ovih koraka spreman sam izaći i pronaći Christine. Mjesto sastanka koje sam dobro poznavao. Bio je u Climério, istočno od Mimoso. S raspoloženjem s kojim sam se probudio, počinjem hodati prema mjestu susreta. Prošlo je 7:00 ujutro i točno u to vrijeme Christine je već trebala napustiti svoju kuću. Sjećanje na naš prvi susret mi pada na pamet i pitam se vjeruje li mi Christine već zato što je bila dosta povučena tijekom prvih trenutaka intervjua. Pa, nije ni čudo. Bio sam stranac, stranac za kojeg se ispostavilo da je izuzetno upućen u detalje njenog života. To stvara neviđeni utjecaj. Drago mi je da sam jasno izjavila da joj želim biti prijateljica i vidjeti kako se u posljednje vrijeme osjeća iznimno usamljeno, prihvatila je, barem privremeno, moj savjet i moj savjet. Sada sam bio spreman za drugu fazu koja je bila najvažnija.

Hodam neko vrijeme u istom smjeru i dalje vidim lik Christine. Odmah sam počeo trčati da je upoznam.

"Kako si, Christine? Jeste li se dobro proveli?

"Otkad se tragedija dogodila, nisam imao dobrih noći. Uvijek sanjam o svom braku i svemu što se tamo dogodilo. Ne znam koliko dugo ću ovako živjeti.

"Moraš to pustiti, Christine. Zaboravi krivnju i kajanje jer ti samo nanose štetu. Naučio sam da u životu moramo živjeti u sadašnjem trenutku i zaboraviti našu bolnu prošlost. Dobra vremena su ona koja bismo se trebali sjetiti da se ojačamo i nastavimo hodati uzdignute glave.

"To su samo riječi. Bol koju osjećam iznutra je još uvijek previše.

"Jednog dana ćeš to prevladati. Siguran sam u to. Pa, Christine, imam nešto ozbiljno za razgovor s tobom. Radi se o vještici Clemilda koja se pozvala na sile tame da preuzmu selo Mimozo. Bila je odgovorna za tragediju i sve druge loše događaje ovdje od tada. Suočio sam se s njom i odlučan sam okončati njenu vladavinu. Kao odgovor, ponudila mi je nagodbu. Sada, moram okupiti "snage dobra" za bitku. Što kažeš? Jesi li me spreman braniti u ovoj borbi?

"Ne znam jesam li spreman. Clemilda je Gerusa rođakinja, a Gerusa mi je praktički bila majka. Znam da je loša i potpuno sam protiv njenih postupaka. S druge strane, ona je praktički obitelj. "Suprotstavljene sile" zbunjuju moje srce i ostavljaju me u nedoumici.

"Razumijem. Moram vas podsjetiti da imate ključnu ulogu u ratu koji dolazi. Prije nego što odlučite, mislite na ljude, na kršćanstvo i na sebe.

"Obećavam da ću razmisliti o tome. Želite li mi reći još nešto?

Mislim da je nekoliko trenutaka prije odgovora i pitam se je li spremna. Odlučio sam riskirati.

"Da, cijela istina. Christine, dugi niz godina bio sam mladi sanjar i pun nade. Međutim, unatoč mojim naporima nisam mogao ostvariti svoje ciljeve. Proveo sam tri godine svog života potpuno napušten: nisam imao posao i nisam učio. Biti na dnu dovelo me do krize koja me skoro dovela do ludila. Tijekom ove krize pokušao sam se približiti Stvoritelju kako bih stekao mir i utjehu. Međutim, što sam više inzistirao, manje sam dobivao odgovore. Pokušao sam se skloniti u vraga tražeći iscjeljenje i odgovore. Otišao sam na seansu, i obećali su mi da ću se moći izliječiti i biti sretan. Zauzvrat, morao bih promijeniti religiju i učiniti točno ono što su rekli. Na dan i sat označen za moj povratak na ovo mjesto dobio sam odgovor da je Bogu stalo do mene. Poslao je svog Anđela i upozorio me da se ne vraćam, da neću naći mnogo čežnje za srećom i lijekom. Pa sam se osvrnuo na upozorenje i nisam se usudio vratiti tamo. Bila sam kod doktora i rekao je da moj slučaj nije ozbiljan, da je to bio običan živčani slom. Uzeo sam neke lijekove i poboljšao se. Bog je iskoristio tog doktora da mi pomogne. Koliko puta to radi, a da toga nismo ni svjesni? Tijekom krize počeo sam pisati kako bih se malo zabavio, kao terapija. Onda sam shvatila da imam talent koji nikad nisam primijetila. Nakon krize, zaposlio sam se i vratio u školu. U isto vrijeme, želja da budem pisac i komuniciram s ljudima rasla je u meni. Tada sam čuo za planinu Ororubá, svetu planinu. Postala je sveta zbog smrti tajanstvenog šamana, a na vrhu ima veličanstvenu špilju zvanu špilja očaja. Može ostvariti bilo koji san ako je čist i iskren. Pa sam se odlučio spakirati i krenuti na putovanje u planinu. Oprostio sam se od obitelji, ali nisu razumjeli moj san. Ipak, otišao sam. Morao sam vjerovati u svoj talent i potencijal. Popeo sam se na planinu i upoznao čuvara, drevnog duha. S njezinim učenjima, uspio sam prevladati izazove koji su bili moja ulaznica u špilju. Međutim, priča nije završena. Špilja očaja nikada nije dopustila nikome da provede svoje snove kroz nju. Svi koji su pokušali su po kratkom postupku uništeni. Međutim, sanjao sam i riskirati svoj život ne bi mi bila prepreka. Odlučio sam ući u pećinu. Počeo sam ulaziti u nju i uskoro su se pojavile prve zamke. Uspio sam ih se riješiti i ubrzo nakon toga naišao sam na tri vrata. Predstavljali su sreću, neuspjeh i strah. Izabrao sam prava vrata i napredovao u pećini. Onda sam našao Ratnik i sa svojim borilačkim vještinama pokušao me uništiti. Iskustvo me dovelo do pobjede, a ja sam srušio Ratnik. Onda sam napredovao više u pećini i pronašao labirint. Ušao sam u nju i izgubio se. Tada sam dobio ideju i uspio sam pronaći izlaz. Onda sam našao set ogledala. Ovaj scenarij me natjerao da razmislim i pomogao mi da pronađem sebe. Pa sam gurnuo malo dalje u pećinu. Ukratko, uspio sam unaprijediti sve scenarije špilje i ona je sama sebi ispunila želju. Postao sam Gatara i putovao natrag kroz vrijeme, prateći glas koji nisam znao. Ovaj glas je bio tvoj, Christine, i ja sam tu da ti pomognem.

"To je puno informacija odjednom. Ne znam jesi li lud ili gubim razum što sam to čuo. Već sam čuo za pećinu i njene divne moći, ali nisam mogao ni zamisliti da je netko ušao i prevladao njenu vatru. Moram malo razmisliti i razmisliti o svemu što sam čuo.

"Misli, Christine, ali nemoj predugo trajati. Moje vrijeme ovdje istječe i moram ispuniti svoju misiju.

"Obećavam da ću vam uskoro dati odgovor. Pa, sada moram završiti šetnju i vratiti se kući.

Oprostio sam se od Christine i vratio se u hotel. Odradio sam svoj dio, sada je ostao samo odgovor. Moje nade su bile u rukama sudbine, i nisam znao u kojem smjeru ukazuje. Rat između "suprotstavljenih snaga" dogodio bi se uskoro i Christine odgovor bio bi odlučujući čimbenik.

Odluka

Predstojeći rat između "suprotstavljenih snaga" nije me ni na koji način uvjerio. Nikada nisam sudjelovao u natjecanju ovog tipa, i to bi bilo jedinstveno iskustvo. Da bih olakšao svoje srce i um, napuštam hotel i upućujem se na ruševine kapele Sv. Sebastijana, koja je vrlo blizu. Usput se pitam s kojim ću se izazovima suočiti i hoće li biti teški kao prepreke u špilji. Učinio bih sve što je u mojoj moći da pobijedim tijekom bilo kakvih poteškoća. Moje misli se uzdižu i razmišljam o svom snu i svakoj preprekama koju uključuje. Pitam se da li bih dobio komercijalnog izdavača za svoju knjigu. Bi li isto ulaganje dovoljno da knjiga postigne uspjeh? Svjestan sam da mi je pećina pomogla, ali nije htjela riješiti sve moje probleme. Očekivao sam da je špilja tek početak duge i snažne književne karijere. Međutim, nije bilo vrijeme da se brinem o tome. Imao sam važnijeg posla. Morao bih ujediniti "suprot-stavljene snage" i pomoći Christine da se nađe. Ti me ciljevi približavaju ruševinama i nekoliko trenutaka kasnije dodirujem ostatke simbola kršćanstva. Tražim raspelo koje je ostalo netaknuto i nakon dodirivanja počinjem shvaćati više o svojoj religiji i njezinom osnivaču. Predao se za nas samo zbog ljubavi koju ne možemo razumjeti. Ljubav tako velika da je mogla činiti čuda. To je ono što mi je trebalo: čudo.

Spremao sam se suočiti s nepoznatim silama koje su se hranile egoizmom, ovisnostima, slabostima i ljudskom mržnjom, silama koje su mogle uništiti ljudski život. Ponovno pogledam u raspelo i to me ispunjava hrabrošću. Postojao je primjer pobjednika. Bio je i sanjar poput mene, a njegova učenja osvojila su svijet. Učio nas je ljubiti i poštovati druge i to je bila poruka koju sam propovijedao iz dana u dan. Gledam oko sebe sve što je blizu mene: vidim ljude, plavo nebo i daleko, horizont. Nisam mogao razočarati ni njih ni sebe. Sa svom snagom u prsima, vičem:

"Spreman sam!

Zemlja je počela drhtati i za nekoliko sekundi osjećam se oteto od mjesta gdje sam bio. Vodim se kosom i emocijama trenutka zamagljuje moju viziju, sve je mračno i prazno.

Iskustvo u pustinji

Upravo sam se probudio i ustao da točno znam gdje sam. Gledam u četiri smjera i mogu vidjeti samo pijesak i nebo. Osjećao sam se kao da sam usred pustinje. Što sam radio ovdje? Kakva je ovo bila šala? U trenu sam bio na ruševinama kapele (u Mimoso), a u drugom sam bio na tom mračnom, praznom mjestu. Počinjem hodati, tražim nešto. Tko zna da ću možda naći oazu ili nekoga tko će me voditi i reći mi gdje sam točno.? Osjećaj usamljenosti povećava se svake minute unatoč mom uvjerenju da me uvijek prati anđeo. U tim trenucima na kraju se pod-sjetim koliko je važno imati prijatelje ili nekoga kome možete vjerovati. Novac, društvena razmetljivost, taštine, uspjeh i pobjeda su besmisleni ako nemate nekoga s kim biste ga podijelili. Nastavljam hodati i znoj počinje kapati, glad me počinje grickati, a to čini i žeđ. Osjećam se izgubljeno kao u pećinskom labirintu. Koju bih strategiju sada koristio? Oaza može biti bilo gdje. Svratio sam na neko vrijeme. Morao bih povratiti snagu i disati. Još nisam dosegao svoje granice, ali osjećao sam se prilično umorno. Pješačenje strmim stubištem pada na pamet, onaj u Svetištu Gospe od Milosti, mjestu čuvara, u rešetkama. Bio sam samo dijete i napor uspona me puno koštao. Po dolasku na vrh, našao sam se na sigurnom mjestu iz straha da ne padnem sa strmog grebena. Moja majka je zapalila svijeću i platila obećanje koje je dala. Svetište su posjetili brojni turisti, a na tom je mjestu poprimilo i ukazanje Djevice Marije.

Nakon spuštanja u utočište osjećao sam se opuštenije i samopouzdanije. Tako bih se osjećao kad bih pronašao oazu. Vraćam se u šetnju i imam pitanje koje mi neće izaći iz glave. Gdje je bio izazov? Nije imalo smisla da nastavim hodati bez odgovora. Budući da sam putovao na svetu planinu, ostvario izazove i ušao u špilju imao sam plan i svrhu. Sada sam plutao i bez smjera. Počinjem razmišljati o nebu i vidim neke ptice. Velika ideja mi padne na pamet i odlučim ih slijediti kao što sam to učinio sa palicom u pećini. Nakon trideset minuta potjere, vidim jezero gdje ptice slijeću i moja nada se vraća s većom silom. Blizu jezera i počnem piti njegovu vodu. Malo pijem, ali loš ukus me tjera da prestanem. Dakle, sjedim malo uz jezero da odmorim noge i noge koje su bile umorne od putovanja. Trenutak kasnije, ruka dotakne moje rame i ja se vratim. Čuvar kojeg sam upoznao na planini bio je točno ispred mene.

"Vi, ovdje? Nisam to očekivao.

"Sine moj, izgledaš malo umorno. Zar ne želiš ići kući? Tvojoj obitelji jako nedostaješ.

"Ne mogu. Moram ispuniti svoju misiju. Ista dama me poslala u Mimozo da ujedinim "suprotstavljene snage" i pomognem Christine.

"Zaboravite svoju misiju. Nemaš snage pobijediti protivnika. Sjetite se da je čak i vaš gospodar Isus Krist stradao na križu jer nije poslušao đavla.

"Griješite. Isus Krist je izašao kao pobjednik tog spora i križ je simbol njegove pobjede. Čekati. Nikad nisi tako govorio. Tko si ti? Siguran sam da niste čuvar unatoč svom izgledu.

Žena je plakala od sarkazma i nestala. Dakle, to je bila samo vizija koja se htjela zezati sa mnom. Morao bih biti vrlo oprezan s izgledom.

Ostajem sjediti bez ikakvih ideja kako napustiti to opsežno i prazno mjesto. Osjećam samo lupanje srca, trzanje nogu i podsvijest koja kaže da nije gotovo. Što je nedostajalo? Već sam umoran od ovog izazova. Gledam u horizont i u daljini vidim da se netko približava. Je li to bilo više od vizije? Morao bih biti oprezan. Kako sam se približavao, bio sam uplašen i nisam mogao vjerovati. Osoba me grli, a ja je uzvraćam unatoč nepovjerenju.

"Jesi li ti stvarno moja majka? Kako ste došli ovdje?

"Ja sam. Čuvar mi je pomogao da te pronađem. Nakon što si otišao, otišao sam na planinu jer sam bio jako zabrinut. Našao sam skrbnika, a ona me vodila.

"Čekaj. Moram imati dokaz da si mi stvarno majka. Kako se zvala moja omiljena mačka i koji su mi nadimak dali moji nećaci?

"To je lako. Ime vaše omiljene mačke bilo je Pecho, a nadimak vam je Ujak Divine.

Odgovor me smiruje i ja je zagrlim. Stvarno mi je trebao netko poznat u toj pustinji.

"Što radiš ovdje?

"Ovdje sam da vas uvjerim da odustanete od svega ovoga. Riskirate veliku opasnost u ovoj pustinji. Hajde, idemo. Nisam ti dopustiti da napustiš kuću.

"Ne mogu. Moram završiti misiju. Moram ujediniti "suprotstavljene snage" i pomoći Christine. Osim toga, moram sve dokumentirati u knjizi kako bih mogao započeti svoju književnu karijeru.

"Ova tvoja misija je luda. Ne možete pobijediti sile tame, niti možete objaviti knjigu. Koliko puta moram reći da ti pisanje knjiga neće donijeti nikakve rezultate? Ti si siromašan i nepoznat. Tko će ih kupiti? Osim toga, nemate talenta.

"Potpuno griješite. Mogu ujediniti "suprotstavljene snage" i ostvariti svoj san. Ne mogu vjerovati da si mi majka iako me ni ona nije ohrabrivala. Znam da ima tračak nade da ću stvarno postati pisac. Imam talenta inače ne bih ušao u pećinu da zamolim planinu da me pretvori u Vidjelicu.

Odmah je moja majka postala čovjek svijetlog izgleda i vatrenih očiju. Bio sam malo šokiran, ali sam posumnjao da to nije ona. Čovjek se počeo okretati oko mene.

"Gospodine, Sine Božji. Jeste li ikada razmišljali o tome što sva ta imena znače? Vidovitost je dar koji pomaže pojedincu da zna budućnost ili ima točnu predodžbu o tome što se događa negdje drugdje. Nemate te sposobnosti. Ono što imate je nerazvijena vidovitost. Pretenciozno je od vas tvrditi da ste moćan vidovnjak. Što se tiče činjenice da si Sin Božji, to je velika šala. Zar se ne sjećaš grešaka koje si počinio u pustinji baš kao što je ova? Misliš li da ti je Bog oprostio? Kako onda imate hrabrosti nazvati se Sinom Božjim? Za mene, ti si više vrag nego sin Božji. Tako je. Ti si vrag, kao i ja!

»Možda nisam moćan vidovnjak, ali dobivam poruke od Stvoritelja. Rekao mi je da ću imati svijetlu budućnost. Gradim ga svaki dan u svom poslu, na studiju i u knjigama koje pišem. Što se tiče mojih pogrešaka, znam ih, i tražio sam oprost. Tko ne griješi? Usredotočio sam se na to da postanem novi čovjek i zaboravio sam svu svoju prošlost. Poruke koje primam su da me Bog smatra svojim sinom i čvrsto vjerujem u to. Inače me ne bi spasio toliko puta.

S očima punim suza, gledam svemir i okrećem leđa svom tužitelju. Jako plačem.

"Ja nisam vrag! Ja sam ljudsko biće koje je jednog dana otkrilo da imam beskrajnu vrijednost za Boga. Spasio me od krize i pokazao mi put. Sada želim ostati s njim i ispuniti se bez obzira na prepreke i poteškoće koje moram prevladati. Oni će me zreli, a ja ću postati bolje ljudsko biće. Bit ću sretan jer se svemir urotio zbog toga.

Vrag se malo povukao i rekao:

"Ponovno ćemo se sresti, Aldivan. Rat između "suprotstavljenih snaga" tek počinje. Na kraju ću izaći kao pobjednik.

S tim reče, on je otišao. Trenutak poslije, opet sam očaran. U sekundi se nađem u prethodnom scenariju, opet pod ruševinama kapele. Odmah se odlučim vratiti u hotel kako bih se odmorio i povratio snagu i duh. Prvi izazov je bio završen, sada su ostala samo dva.

Štovatelji tame

Sutradan se vraćam na isto mjesto gdje su me odveli na prvo iskustvo. Nesvjesno, mislim da je to prolaz do izazova. Kad pogledam ruševine, osjećam kako mi je srce rastrgano pustošenjem mjesta. Pravi put je ugušila zla i perverzna vještica. Moj posao je bio da uravnotežim "suprotstavljene snage" i nastavim mir izgubljen na tom mjestu. Spreman, ponavljam lozinku od dana prije i opet sam prevezen. Nalazim se na čudnom i mračnom mjestu gdje se izvodi ritual. Ima desetak ljudi, raspoređenih u krug mrmljajući riječi na jeziku koji ne znam. U sredini, čovjek čuči, a ostali sipaju tekućinu s nepodnošljivim mirisom na glavi. Trenutak kasnije, dva roga rastu na njegovoj glavi i njegovo lice postaje strašno izgleda. Vidi me i ustaje. Prilazi, uzima mač i baca još jedan na mene. Nervozan sam jer nisam navikao da se bavim oružjem.

Pozvao me da se borim i počeo udarati. Pokušavam ih blokirati svojim mačem, i to činim, gotovo čudom. On nastavlja napadati, a ja se branim. Počinjem gledati njegove pokrete kako bih napravio naknadne reakcije. Vrlo je brz i vješt. Postupno, počinjem uzvraćati udarac, a on izgleda iznenađeno. Jedan od mojih poteza ga boli, ali još uvijek izgleda neumoljivo. Dakle, odlučio sam se žaliti. Prilazim mu i bez da primijeti, pripremim se za konačni napad. Mač mi pomaže da ga uravnotežim i stisnutim šakama ga udarim svime što imam. Pada na zemlju, u nesvijesti. U isto vrijeme, prevezen sam u ruševine kapele. Drugi izazov je ispunjen.

Iskustvo posjedovanja

Treći dan je konačno došao. Opet, idem u ruševine kapele. Treće iskustvo je bilo obilježeno i nisam više mogao čekati. Što me čekalo? Stvarno ne znam, ali osjećao sam se spremnim na sve. Tome su značajno pridonijeli čuvar, izazovi i špilja. Sada sam bio gatara i više se nisam mogao bojati. Samouvjeren i miran ponavljam lozinku od dana prije. Hladan vjetar udari, tijelo mi se trese, a neprestani glasovi me počinju uznemiravati. U trenu, moja savjest je prevezena u moj um i po dolasku tamo, čujem nekoga kako kuca na vrata. Odlučio sam odgovoriti na to. Nakon otvaranja vrata dolazi lagana tema, vitka, s očima boje meda i krunom od trnja na glavi.

"Tko si ti?

"Ja sam Isus Krist. Zar ne prepoznajete moju krunu? Njime su mi ranili glavu.

"Što radiš ovdje, u mom umu?

" Ako se slažete, učinit ću vas najmoćnijim i najtalentiranijim muškarcima.

"Kako da znam da si ono što kažeš da jesi? Želim dokaz.

"To je lako. Ti si mladić od 26 godina, tih, drag i vrlo inteligentan. Vaš san je da postanete pisac i zato ste putovali na planinu za koju svi tvrde da je sveta. Upoznali ste čuvara, mladu djevojku, duha, dječaka, pobijedili izazove i ušli u najopasniju špilju na svijetu. Izbjegavajući zamke i napredujući scenariji, pobijedili ste. Ispunio je tvoj san i pretvorio te u Gatara. Međutim, špilja je bila samo jedan korak u vašem duhovnom rastu. Sada, trebate me da nastavim putem.

"Dakle, ti si stvarno Isus Krist. Međutim, ne znam želim li nekoga u mislima. Teško se naviknuti na glas koji me stalno vodi. Ne možeš mi pomoći s neba? Bilo bi mi ugodnije.

"Ako ne ostanem ovdje, postat ćeš promašaj. Odlučite brzo: Želite li biti muškarac ili želite biti Bog? Ako odaberete drugu opciju, natjerat ću vas da letite, hodate po vodi i činite čuda.

"Ne vjerujem u to. Opet, trebam dokaz.

Predajem svoje tijelo poplavnom području, gdje rijeka prolazi pored Mimoso. Htio sam imati pravi dokaz o tome što mi se događa. Po dolasku na rijeku pokušavam napraviti prve korake na vodi. Nakon što sam ga prešao, pokazan mi je dokaz njegove prijevare. Bio sam prevaren.

"" Čudovište! Ti nisi Isus Krist! Maknite mi se iz glave, zapovijedam vam!

Čovjek je pretvoren u stvorenje s rogovima i dugim repom. Jak vjetar ga je počeo puhati i gurnuo ga ravno na ulazna vrata mog uma. On izlazi i vrata su zatvorena. Savjest mi se vraća u normalu i osjećam se bolje.

Iskustvo je iscrpilo moju snagu i zato se odlučim odmah vratiti u hotel s trećim ispunjenim izazovom. Sada sam samo morao uvjeriti Christine i otići u završnu bitku.

Zatvor

Po dolasku u hotel, iznenađen sam prisutnošću delegata Pompeja i njegovih podređenih.

"Pa, vidi tko je stigao, kome smo se nadali. Gospodine Gatara, uhićeni ste. (Pompej)

"Kako? Koja je optužba?

"Zatvoren je po naređenju kraljice Clemilda i to je dovoljno.

Brzo, podređeni su stavili lisice na mene. Mješavina ogorčenosti i bijesa ispunjava cijelo moje biće. Sile Tame su koristile svoje posljednje sredstvo da spriječe trijumf dobra. U zatvoru nisam mogao ništa učiniti i s tim Mimoso bi bio izgubljen. Što bi se dogodilo s "suprotstavljenim snagama" i Christine? U ovom trenutku već sam izgubio svu nadu. Naredili su mi da hodam i to je upravo ono što radim. Na putu do postaje padaju mi na pamet sve nepravde koje sam pretrpio u životu: loše ispravljen test, nehumani javni polaznik, loše suđenje i nerazumijevanja drugih. U svim tim situacijama osjećao sam se isto: potlačen. Skrećem pozornost na delegata i pitam ga ne osjeća li kajanje. Kaže da ne zna, ali bi da nije ispunio naredbu jer bi sigurno ostao bez posla. Razumijem njegovu poantu i nemam više pitanja. Nešto kasnije stižemo na odredište. Skinuli su mi lisice i stavili me u ćeliju gdje ima još zatvorenika. Prvu noć provodim potpuno zatvorena.

Dijaloški

Za malo vremena nađem način da se uklopim s ostalim zatvorenicima. Oni su tamo iz nekoliko razloga: jedan za krađu pilića, drugi za odbijanje plaćanja poreza, a neki zato što nisu glasali za kandidata kojeg je predložio bojnik. Među njima je i Claudio. Počeo sam razgovarati s njim.

"Jeste li dugo ovdje?

"Da, dugo vremena. Ovdje sam otkad je bojnik otkrio da hodam s njegovom kćeri. A ti, zašto si u zatvoru?

"Pa, imao sam neslaganje s damom po imenu Clemilda. Počinila je tiraniju zaključavajući me ovdje ovako. Ali pričaj mi o sebi, toliko voliš ovu djevojku da si riskirao suočavanje s bojnikom?

"Da, volim je. Otkad sam upoznao Christine, ja sam novi čovjek. Počela sam cijeniti važne stvari. Također sam se odrekao svojih loših navika i divljih načina. Bez nje, ne znam što će biti s mojim životom.

"Razumijem. Čim sam je upoznao, mislio sam da je posebna. Šteta što je morala proći kroz takvu tragediju.

"Čuo sam za tragediju ovdje, u zatvoru. Međutim, odbijam vjerovati da je žena koju volim ubojica. Njezin temperament ne odgovara toj činjenici.

"Bila je samo još jedna žrtva vještice Clemilda. Ovo stvorenje je uravnotežile "suprotstavljene sile" i prijeti cijelom svemiru. Dakle, sudbina je prepuštena da me pošalje na svetu planinu gdje sam upoznao čuvara, mladu djevojku, duha i dječaka. Završio sam izazove i time osvojio pravo da uđem u špilju očaja, špilju koja daje vaše najdublje snove. Izbjegavajući zamke i napredujući scenariji uspio sam doći do kraja. Onda me je pećina pretvorila u Gatara, i putovao sam na vrijeme nakon vriska koji sam čuo. Ovaj vrisak je od Christine. Po dolasku na današnji dan, usprotivio sam se Clemilda i ona mi je dala tri izazova koja sam dovršio. Jedino što preostaje je uvjeriti svoju voljenu da vodi posljednju bitku. Međutim, sada sam u zatvoru i to me sprječava da poduzmem bilo kakvu akciju.

"Kakva priča! Već sam čuo za pećinu i njene divne moći, ali nisam mogao ni zamisliti da je netko može prevladati. Ti si bio prvi koji sam čuo da govori o tome. Ako vam je potrebna moja pomoć, ja sam slobodan.

"Hvala vam. Postoji li način da pobjegnemo odavde?

"Žao mi je, ali nema. Ova vrata su vrlo jaka, i svi izlazi zgrade su pod nadzorom.

Claudio odgovor me obeshrabrio. Što će biti s "suprotstavljenim snagama", Christine i Mimoso? Svakim trenutkom stvari su postajale sve gore sa mnom u zatvoru. Jedino što treba učiniti je moliti se i čekati čudo.

Renato posjet

Upravo sam se probudio i osjećaj koji sam osjećao, kao da je sve pogrešno, uopće me ne čini dobrim. Ovo mjesto nije bilo prikladno za mene jer sam bio pod utjecajem visokog negativnog naboja. "Suprotstavljene snage" vikale su u meni i bile su aktivnije nego ikad. Malo kasnije, jedan od stražara dolazi i otvara ćeliju za nas izaći na sunce. Ulazim u red koji je formiran. Malo hodamo okolo i za malo vremena se vratimo u ćeliju. Po povratku, obaviješten sam da me netko čeka u području za posjete. Čuvar me prati, a ja idem upoznati tu osobu. Po ulasku u sobu za posjete, iznenađen sam.

"Vi? Što radiš ovdje?

"Došao sam vam pomoći. Došlo je vrijeme da dokažem da sam koristan i da je skrbnik bio u pravu što me poslao da vas pratim.

"Pomozite mi? Kako?

"Ne brinite. Već sam sve isplanirao. Kad se sve dogodi, ne razmišljaj dvaput, bježi.

"Što namjeravate učiniti? Zar nije opasno?

"Ne mogu ništa reći. Samo radi što ti kažem.

"Hvala, ali nemoj toliko riskirati samo za mene. Ti si samo dijete.

"Ja sam dijete, ali znam razlikovati ljudsko srce. Osjećam da ste vrlo posebna osoba.

Renato riječi me dodiruju, a ja ga prihvaćam. On je bio sa mnom gotovo cijelo vrijeme od početka putovanja i to je stvorilo naklonost među nama. Već sam se osjećao kao njegov otac, ali u tom trenutku on je bio taj koji me tješio i ohrabrivao. Nakon zagrljaja, on se oprašta, a ja se vraćam u ćeliju, u pratnji čuvara. Nađem Claudio i započnemo novi razgovor. Tridesetak minuta nakon Renatova odlaska osjećam čudan miris, dim prekriva ograđeni prostor i svi počinju paničariti, uključujući i mene. Delegat je pozvan i naređuje otvaranje svih ćelija. U zbrci se sjećam Renatovih savjeta i upućujem se iz policijske postaje, a da me nitko ne vidi jer je dim tako gust. Na izlasku, nađem Renata i pobjegnemo zajedno. Vratimo se u hotel i njihova Carmen nas smjesti u posebnu sobu. Imao je podzemni ulaz i tamo smo bili smješteni. Bio bih siguran do konačne bitke.

Treći susret s Christine

Christine je konačno odlučila i bila je voljna ponovno se sastati sa mnom. Čula je da sam uhapšen i ta činjenica joj je pomogla da odluči. Također je bila umorna od nepravdi koje su počinili njezin otac i zla čarobnica Clemilda. Na određeni je način već kontrolirala svoje "suprotstavljene snage" i to je bilo najvažnije u njezinoj odluci. Dakle, odlučila je pronaći Carmen, vlasnicu hotela. Bila je sigurna da Carmen zna gdje sam. Pljesne rukama na ulazu u hotel i odmah je zbrinuta.

"Jeste li vi gđica Carmen? Moram razgovarati s vama gospođo.

"Da. Uđi.

Christine se javila na poziv i ušla. Carmen je otišla po čaj i kekse. Vraća se sa zadivljujućim osmijehom.

"Što mogu učiniti za tebe, draga? (Carmen)

"Tražim Aldivan, gatara. Bio je u zatvoru, ali danas sam čuo da je pobjegao iz zatvora. Znate li gdje je? To je važno.

"Nemam pojma. Otkad je uhićen, prestao sam kontaktirati s njim.

"To nije moguće. Toliko mi trebaju i on i Mimoso. Znači, sve će ostati kao i uvijek? Koliko dugo ćemo trajati Clemilda diktatura?

Suze se slijevaju niz Christine lice i ona pada u očaj. Njena reakcija pokreće Carmen, i ona ide da je utješi.

"Ako je ovaj sastanak s njim toliko važan onda mislim da mogu pronaći način.

Carmen se na trenutak odseli iz dnevne sobe i pozove me u sobu. Nakon što sam saznao za prisutnost Christine, postao sam sretan i odmah odlučio otići je vidjeti. Okrenem se prema dnevnoj sobi dok Renato ostaje u sobi, a Carmen odlazi u kuhinju pripremiti večeru. Kad me vidi, Christine ustaje i trči da me zagrli. Uzvraćam na ljubav. Sjedili smo rame uz rame u sobi.

"Dakle, jeste li odlučili?

"Puno sam razmišljao o onome što ste rekli i želim reći da vjerujem u to. U samostanu su me naučili da prepoznam kada je osoba iskrena.

"Osim što vjerujete, jeste li spremni promijeniti svoj život?

"Da, i želim zaboraviti sve što se dogodilo. Bio si u pravu u vezi činjenice da nisam kriv za tragediju. To je bilo prokletstvo koje je ta vještica lansirala na mene kad mi je dotaknula glavu. Još uvijek se nadam da je poražena i da je želja koju sam dao planini ispunjena.

"Dakle, ja sam to učinio. Našli ste se. Čini se da više nisi tužna, zaprepaštena mlada djevojka. Sretan sam zbog tebe. Sada mogu imati pravo na konačnu bitku. Bliži se susret "suprotstavljenih snaga".

"Bitka? O čemu pričaš?

"To je dogovor koji sam sklopio s Clemilda. Da sam ispunio tri izazova i uvjerio te da pronađeš svoju sudbinu, imao bih pravo na ovu bitku. To je jedina prilika da se okupe "suprotstavljene snage" i još jednom ih uravnoteži.

"Razumijem. Mogu li pomoći? Moje aberacija moći bi bile od velike pomoći u borbi.

"Ne znam. To je vrlo opasno. Ako se ozlijediš, Christine, ne bih si mogla oprostiti.

Mislim na nekoliko trenutaka o njenoj prosidbi. Pitam se da li bi stvarno bila potrebna na bojnom polju. Nisam znao kakav će to rat biti.

"U redu, možete. Međutim, morate ostati iza mene. Zaštitit ću te od Sila Tame. U međuvremenu, pokrivaš stražnji dio svojim nevjerojatan moćima.

"Hvala vam. Kada će se to dogoditi?

"Sutra. Nađemo se u ruševinama kapele u 7 ujutro.

Uzimam dopust i molim je da moja lokacija ostane tajna. Ona se slaže i odlazi. Određeno pokajanje me izjeda jer sam prihvatio bitku, ali prekasno je. Sljedeći dan bi bio konačan u vezi sudbine Mimoso i ja bih sudjelovao u bitci koja bi potpuno promijenila moj život, a svakako i svemir.

Anđelov zaziv

Christine i ja smo stigli na vrijeme na mjesto sastanka. Pita me zašto ova stranica i ja odgovaram da je to bio ulaz u moja iskustva. Objašnjavam joj detalje o "suprotstavljenim silama" i trenutnoj neravnoteži. Nakon toga molim za šutnju i počinjem zazivati Anđela jer bi to bilo od velike pomoći u borbi.

"Rat između "suprotstavljenih snaga" se približava. U ovoj borbi, materijalna i nematerijalna bića suočit će se. Naša grupa se sastoji od samo dvoje ljudi: ja, Gatara i Christine, koja je mutant. Potrebna nam je viša sila koja će nam pružiti nematerijalnu sigurnost, pa tražimo od Očenaša, da pošalje svog Anđela da nas prati i štiti u ovoj opasnoj borbi. Mimoso sudbina visi o koncu i snaga dobrote mora biti potpuna.

Tri puta ponavljam molitvu i na posljednjem osjećam kako mi srce drhti od nepravilnih otkucaja i moje šesto čulo postaje potpuno izoštreno. Trenutak kasnije, moja vrata su otvorena, i imam dozvolu da otključam tajne drugog svijeta. Vidim, u velikoj sobi kraljevske palače, otvorena vrata i iz nje ostavlja sedam anđela koji zajedno predstavljaju samog Boga. Jedan od njih nosi pehar u ruci čiji je sadržaj moja ustrajna molitva. Sedam anđela prilazi prijestolju Svemogućeg Boga. Onaj koji ima kalež prosipa ga preko vatre na desnoj strani Oca. Čuju se grmljavinski urlici i izmijenjeni glasovi. Vrata između dva svijeta su otvorena i anđeo s kaležom prolazi kroz njega. Vrata su zapečaćena i zaključana do povratka. U tom trenutku, moja vrata su zatvorena, i vraćam se u normalu. Po dolasku svijesti, vidim Christine kako kleči i pored mene vatrenog Anđela s dugim i svijetlim krilima, kako osvjetljava cijelo mjesto. Na njegovom licu je napisan Kralj kraljeva i Gospodar lordova. Čini se da mu noge i noge gori, a vitko tijelo nadilazi svaku skulpturu. Stojim po strani nekoliko trenutaka diveći se njegovoj ljepoti. Odluči me kontaktirati kroz sile misli. Traži od mene da budem miran i podignem Christine na noge jer ga nije imala razloga obožavati. Slušam Anđela i pitam ga što će se dogoditi. To mi govori da ne zna da je susret između "suprotstavljenih snaga" nepredvidljiv. Uvjerava me da ćemo biti sigurni s njim. S obnovljenim silama i nebeskom zaštitom, odlučio sam isprobati istu lozinku svog prethodnog iskustva. Sa svom snagom u prsima, vičem:

"Spremni smo!

Zemlja se trese, nebo potamni, zvijezde su uništene, a cijeli svemir osjeća emociju trenutka. Završna bitka će početi, a budućnost oba svijeta je bila u pitanju.

Završna bitka

Scenarij se još uvijek mijenja. Pod nestaje i anđeo nam mora dati moći tako da i mi možemo letjeti. Na horizontu se linija razdvajanja pojavljuje kao vrsta polja sile koja nas sprječava da prođemo. Zatim dolazi trenutak u kojem sve počinje. Ogromna tama se približava zajedno s vampirom i nekim ljudima s kapuljačom. Na drugoj strani je Clemilda, zapovijeda svime sa svojim makijavelističkim super-moćima. Borba konačno počinje. Anđeo i demon, Christine, i vampir, i ja i ljudi s kapuljačama. Borba između nematerijalnih bića je jednostavno nezamisliva. Ta dva poteza nevjerojatnom brzinom i njihovi udarci su izuzetno snažni. Sa svakim utjecajem, dva svijeta se tresu. Sukob između Christine i vampira je također jednako uravnotežen. Koristi svoje vatrene zrake da se zaštiti od njegovih napada. Također se susrećem s poteškoćama. Ljudi s kapuljačom su vješti borci. Moram iskoristiti sve svoje vidovite moći da se suočim s njima. Rat između "suprotstavljenih snaga" tek je počeo, a poteškoće su bile brojne.

Borba se nastavlja i sukob se postupno počinje mijenjati. Neki ljudi s kapuljačom padnu u iscrpljenost, a ja se osjećam slobodnije. Borba između anđela i demona i Christine i vampira ostala je jednaka, ali s moje točke gledišta dobro je pobjeđivalo. U samo nekoliko trenutaka uspijevam svrgnuti svoje nedavne protivnike. Onda se malo odmorim i promatram borbe onog drugog. Nadam se pobjedama za sve njih.

Clemilda doživljava svoj skori poraz i svojim moćima priziva. Napuštaju grob drevnog autohtonog groblja i svi su ljudi koji se na ovaj ili onaj način prepuštaju skrenuti sa svojih pravih putova. Oni su moji novi protivnici u borbi. Među njima prepoznajem autohtoni Kualopu, čarobnjak koji je gotovo uzrokovao izumiranje naroda Xukuru. On je moj najstrašniji protivnik jer, poput Clemilda, dominira mračnim silama. Prije početka borbe, počinjem se prisjećati učenja čuvara, izazova i špilje. Svi ovi koraci su mi služili kao nevjerojatan duhovni rast. Morao bih ovo iskoristiti u svoju korist u borbi. Borba počinje i živi mrtvaci me pokušavaju zatvoriti s ciljem da me napadnu odjednom. Brzo se riješim opsade i napadnem. Snagom mog napada, neki od njih se raspadaju. Kualopu počinje ponavljati tihu molitvu i u istom trenutku, svjetleći krug me osigurava i ostavlja me nepokretnim. Sjećanje na pećinu izlazi na vidjelo kada sam se morao suočiti s cijelim scenarijem ogledala. Tri razmišljanja su zaživjela i predstavljala petnaestogodišnjeg mladića koji je izgubio oca, dijete i starca. Suprotstavio sam se svim tim aspektima i otkrio da nitko od njih u sadašnjosti nije dvadeset šest godina mladić, pisac, licenciran iz matematike. Krug koji me držao predstavljao je sve slabosti, koje sam pri ulasku u špilju uspio kontrolirati. Razmišljajući o tome fokusirao sam svoje moći i impulsom, krug je slomljen. Tada sam mogao uzvratiti i uništiti veliki. Kualopu je odbio prepoznati moju snagu i konačnim udarcem uspio sam ga svladati. Vidjevši to, Clemilda se uspaničila i počela artikulirati svoju najnoviju strategiju.

Dok se Clemilda pripremala, primijetio sam da su druge sile dobra već bile u prednosti protiv suprotne sile. To me činilo sretnom i opuštenom. Također uzimam vremena da se opustim i uhvatim dah. Konačno, Clemilda odlučuje. Otišla je da se pridruži borbi direktno protiv mene. Koristeći tamne sile, naoružava se mačem i štitom. Anđeo vidi moju situaciju i svojim moćima mi daje isto oružje. Obračun počinje i zapanjen sam agilnošću svog suparnika. Nije bila amaterka. Ostajem u defenzivi neko vrijeme da je promatram u svakom pogledu. Moj stav me tjera da izgubim ravnotežu i čarobnica me je uspjela udariti u lice. Reorganizacijom svoje planove i pokušavam se suprotstaviti. Moj odgovor dobiva rezultate i vraćam se u borbu. S drugim udarcem, razoružao sam je, a ona je ostala bez obrane. Zatim, da bih dodatno uravnotežio situaciju, riješio sam se i svog oklopa. Zgrabim je i izmjerimo naše snage. Ona zaziva đavla i ja, Isusa Krista i njegov križ. U tom istom trenutku, ona pada poražena. Demon i vampir nestaju; pojavljuju se sunce i tlo. Anđeo sjaji više nego ikad, a ja mogu čuti s neba buku velike svečanosti. Uspio sam okupiti "suprotstavljene snage" i pomoći Christine. U trenu, anđeo se oprosti i nestane. Moje putovanje na vrijeme bilo je uspješno i ponavljao bih ga kad god je to bilo potrebno.

Kolaps postojećih struktura

Padom Clemilda, crni oblaci su se raspršili, njezini pristaše su pobjegli, a Christine je ozdravila. Time se Mimozo vratio u normalu, a kršćanstvo je nastavilo svoje mjesto. Kako bi proslavila, Christine je organizirala proslavu u zgradi Udruge stanovnika. Ja sam bio glavni gost. Stranka je bila puna novinara koji su stalno postavljali pitanja.

"Je li istina, g. Gatara, da ste spasili Mimoso od kandži zle čarobnice? Kako se to dogodilo?

"Pa, ja sam bio samo oruđe sudbine kao i moja borbena suputnica ovdje, Christine. "Suprotstavljene snage" su bile neuravnotežene i moja misija je bila da ih ponovno ujedinim.

"Što ćete sada učiniti, gospodine?

"Pa, ne znam. Mislim da moram čekati novu avanturu.

"Jeste li u braku, gospodine? Koja je tvoja profesija?

"Ne, dajem prednost svojim studijama. Što se e- 1 1 20010. Osim toga, licenciran sam u matematici i pisac sam.

Pitanja se nastavljaju, ali povlačim se od novinara. Razgovarat ću s Christine i vidjeti kakva je. Kaže da je zaboravila tragediju, ali je još uvijek zabrinuta za Claudio. Uhićen je prije nekog vremena, a ona nije imala vijesti. Ona potvrđuje svoju ljubav i kaže da je nezaboravan. Tješim je i pokušavam je razveseliti. Za vrijeme zabave, ostajem uz nju da joj dam snagu. Kad se završi, oprostio sam se od nje i vratio se u hotel.

Razgovor s bojnikom

Prije nego što sam napustio Mimoso, odlučio sam se potruditi za Christine. Velika ljubav kao što su njezina i Claudio nije mogla proći bez posljednje prilike. Otišao sam u rezidenciju najstrašnijeg bojnika na posljednji razgovor s njim. Po ulasku u vrt kuće, najavio sam se i nedugo nakon toga bio ispred njega.

"Gospodine bojnice, došao sam razgovarati s vama o vašoj prekrasnoj kćeri Christine. Bio sam s njom i shvatio da pati. Zašto ne daš šansu poreznici, Claudio? Vidi, zar ne vidiš kako je on najprikladniji čovjek za nju?

"Ne miješajte se u obiteljske stvari. Nisam odgojio svoju kćer da ima carinika za zeta.

"Uključujem se jer sam joj prijateljica, a njezina sreća mi je važna. Vaše Veličanstvo odbacuje Claudio jer je siromašan i jednostavan. Jesi li zaboravio svoje jadno djetinjstvo u Maceió? Vaše Veličanstvo je također bilo jednostavno. Ono što je važno u ljudskom biću su njegove kvalitete, njegov talent i karizma. Naš društveni status nas ne definira. Mi smo ono što naša djela kažu o nama.

Moj odgovor trese bojnika neke i uporne suze teku iz njegovih očiju. Briše ih od srama.

"Kako ti to znaš? Nikad nikome nisam pričao o ovom mračnom dijelu mog života.

"Ne biste razumjeli čak i da vam objasnim. Problem je u tome što si nepravedan prema Christine i lišavaš je prave ljubavi. Vidite li tragediju koju ste izazvali svojim dogovorenim brakom? Taj sustav ne radi.

Bojnik je bio pažljiv nekoliko trenutaka i ubrzo nakon toga je odgovorio.

"Dobro. Dopustit ću da se njih dvoje vjenčaju, ali ne želim ih vidjeti ovdje u blizini. Moja kći je i dalje razočarenje u mom životu.

"A što se tiče Claudio? Hoćete li ga pustiti?

"Da, danas.

"Bojniče, još jedna stvar. Dao sam otkaz kao tvoj novinar. Ne mogu više lagati tim ljudima o tebi.

Bojnik se previjao od bijesa, ali ja sam već krenuo. Po odlasku uživam u čistoj savjesti jer sam ispunio svoju ulogu. Sve što je bilo prepušteno sudbini je da se pridružimo dvama srcima koja su se stvarno voljela.

Zbogom

Konačno, stigao je trenutak da Claudio bude oslobođen. Ispred policijske postaje, čekao je svoje prijatelje i bezosjećajnu Christine. Svi su bili željni i nervozni za ovu prigodu. Unutar stanice, Claudio potpisuje posljednje papire koji će biti objavljeni.

"Završio sam, delegate Pompej. Mogu li već ići? Bilo je to vrijeme mnogo patnje i tjeskobe ovdje. Dobro se sjećam dana kada su me zaključali ovdje i to je bio najgori dan u mom životu. (Claudio)

"Možete ići sada. Vidiš, ako se ne možeš držati podalje od flertovanja s djevojkama koje ne bi trebao biti, zar ne?

"Moje uhićenje je bilo tiransko, i vi to znate, gospodine. Je li zločin voljeti? Ja ne kontroliram svoje srce.

"Pa, upozoreni ste. Vojnik Peixoto prati subjekta do izlaza.

Claudio se povlači, a vojnik poštuje zapovijedi delegata. Na izlasku, Claudio je izgledao malo naopako kao da se oprašta od trenutaka koje je proveo u zatvoru. Nakon toga, pogledao je u nebo kao da razmatra cijeli svemir. Osjećao se slobodnim i sretnim jer će ponovno započeti svoj život. Nekoliko trenutaka kasnije, grlio je svoje prijatelje i Christine je čekala svoj red. Njih dvoje su se zagrlili i dugo su se ljubili.

"Ljubavi moja! Vi ste slobodni! Sada možemo biti sretni jer je moj otac dopustio našu vezu. Planina je sveta jer je odgovorila na naš zahtjev. (Christine)

"Je li to istina? Ne vjerujem! Znači li to da možemo biti zajedno i imati našu djecu? Blagoslovljena planina. Nisam očekivao ovo čudo.

Njih dvoje su nastavili komemorirati i u međuvremenu sam se približio. Dolazili smo do vremena mog odlaska.

"Kako je divno vidjeti te zajedno i sretnu. Mislim da se mogu vratiti, budite uvjereni, natrag u svoje stvarno vrijeme.

"Moraš li stvarno ići? Šteta! Pogledajte kako smo naučili diviti se vašem trudu i odlučnosti. Nikada neću zaboraviti što si učinio za mene i za Claudio, hvala ti!

"I ti ćeš mi nedostajati. U zatvoru, gdje su nas držali zajedno, malo sam te upoznao i mislim da zaslužuješ šansu u životu i svemiru. Sretno! (Claudio)

"Prije nego što odem, želim pitati još jednu stvar, Christine. Mogu li objaviti knjigu s tvojom pričom?

"Da, uz jedan uvjet. Želim ga nasloviti.

"U redu. Šta je to?

"Zvat će se "Suprotstavljene snage".

Odobravam Christine indikacije i dajem im posljednji zagrljaj. Svi su bili dio moje priče. Sa suzama u očima, odmaknem se i uputim se u hotel. Spakirao bih kofere i otišao. Usput se sjećam svih vremena koje sam imao na tom rustikalnom mjestu. Sve kroz što sam prošao pridonijelo je mojoj duhovnoj i moralnoj formaciji. Bio sam spreman za nove avanture i perspektive. Sporim koracima prilazim hotelu. Posljednji put se opraštam od svega što je oko mene i zaključujem da ih neću potpuno zaboraviti. Zauvijek će mi se urezati u glavu kao sjećanja s mog prvog putovanja u vremenu, putovanja koje je promijenilo povijest malog sela zvanog Mimoso. Razmišljajući o tome, osjećam se sretno i ispunjeno. Nekoliko trenutaka kasnije, stigao sam u hotel i otišao u svoju sobu. Renato spava i ja ga probudim. Spakiramo kofere i odemo u kuhinju da se oprostimo od Carmen.

"Gospođo Carmen, odlazimo. Htio sam reći da mi je vaša pomoć bila vrlo važna da saznam detalje tragedije. Osim toga, želio bih vam zahvaliti na gostoprimstvu i strpljenju.

"Ja sam taj koji bi vam želio zahvaliti za sve što ste učinili za Mimoso. Živjeli smo pod diktaturom, a ti si nas oslobodio. Nadam se da će ti se svi snovi ostvariti.

"Hvala vam. Renato, oprosti se od gđice Carmen.

"Želim reći da si mi bila poput majke sve ovo vrijeme. Svidjela mi se hrana i tvoj savjet.

Nas troje smo se zagrlili i emocija trenutka natjerala me da pustim suze. Ono što smo živjeli tijekom ovih trideset dana bližilo se kraju. Bila bi zauvijek posebna u mom životu. Kad je zagrljaj završio, otišli smo do vrata i mahali posljednjim pozdravom. Po odlasku, krenuli bismo prema istoj točki gdje smo završili putovanje u prošlost.

Povratak

S vanjske strane hotela, posljednji put pogledam ono što je bio moj dom tijekom ovih trideset dana. Tamo sam imao svoju prvu viziju koja mi je pokazala cijelu priču. Bilo je to ostvarenje snova Vidova, sveznajućeg bića, kroz njegove vizije. S činjenicama sam uspio ući u raspored događaja i djelovati tako da su nepravde poništene. To mi je ostavilo čistu, sretnu savjest jer sam ispunio poslanje koje mi je čuvar povjerio. Uspio sam ujediniti "suprotstavljene snage" i pomoći Christine da pronađe pravu sreću. Stoga se Mimozo vratio kršćanstvu i mnogi njegovi vjernici mogli su štovati, hvaliti i veličati Stvoritelja. Volio bih da sam imao malo više vremena da uživam u ovom poslu. Pa, promatrat ću u duhu. Pogledom gledam Renata i shvaćam kako je bio važan u mojoj misiji. Bez njega, moj kontakt s Christine ne bi bio adekvatno obavljen niti bih pobjegao iz zatvora. Bilo je vrijedno povesti ga na ovo putovanje.

Nastavljamo hodati i brzo se približavamo podnožju planine Ororubá, planine koju su svi smatrali svetom. Tamo sam upoznao čuvara, duha, mladu ženu i dijete, dovršio sam izazove i ušao u najopasniju špilju na svijetu. Unutar pećine, izbjegavajući zamke i napredujući scenariji uspio sam da ostvari moj san i to me pretvorilo u Vidjelice. Sve je to bilo izuzetno važno kako bih mogao otići na putovanje na vrijeme i promijeniti liniju događaja. Sada sam bio tamo, u podnožju planine, ispunjen i već razmišljao o sljedećoj avanturi. Bio sam toliko koncentriran na ovo da sam shvatio da me mala ruka vuče. Okrenuo sam se da vidim što se događa. To je bio Renato.

"Što će sada biti sa mnom, gospodine Gatara?

"Pa, vratit ću te skrbniku koji brine za tebe, zar ne?

"Obećaj da ćeš me povesti na svoje sljedeće putovanje. Volio sam boraviti 30 dana u selu Mimoso. Po prvi put, osjećao sam se korisnim i važnim.

"Ne znam. Samo ako je to strogo potrebno. Vidjet ćemo.

Čini se da moj odgovor nije usrećio Renata, ali ne smeta mi. Nisam mogao jamčiti ništa o budućnosti unatoč tome što sam vidovit. Osim toga, nisam mogao predvidjeti što će se dogoditi s knjigom koju ću objaviti. O tome su ovisile moje nove avanture. Zaboravljam malo na pitanje knjige i koncentriram se u okolnoj prirodi: sivi oblaci, čisti zrak, bujna vegetacija i vruće sunce. Sedam dana koje sam proveo na vrhu planine naučilo me da ga u potpunosti poštujem. Kada to ne učinimo, reagira negativno. Primjeri nisu malobrojni: prirodne katastrofe, globalno zatopljenje i nedostatak prirodnih resursa. Kraj je blizu ako ostanemo u ovakvom stanju iracionalnosti.

Vrijeme prolazi i potpuno se penjemo na planinu. Vratimo se na mjesto gdje smo putovali na vrijeme, i počinjem se koncentrirati. Stvorim krug svjetla oko nas i počnemo usporavati. Bilo je potrebno učiniti suprotno od onoga što je prethodno učinjeno kako bi se na vrijeme krenulo naprijed. Hladan vjetar udari, moje srce ubrzava, gravitacijske sile gube snagu i time možemo početi s povratkom. Prsten svjetlosti se širi, a godine prolaze do 1910., 1920., 1930., 1940., 1950., 1960., . 2010. Kada smo došli točno u tom trenutku, krug se poništio i padamo na pod. Nakon ustajanja, vidim čuvara, i to me čini sretnijim.

"Dakle, vidim da ste se već vratili. Uspjeli ste ujediniti "suprotstavljene snage" i pomoći djevojci, Dijete Božje?

"Da. Putovanje je bilo uspješno i uspio sam preurediti značenje stvari. Pećina mi je bila vrlo važna da budem uspješna.

"Pećina će biti samo jedan korak na vašem putu. Trebao bi poslužiti kao potpora rastu i učenju. Gatara se još uvijek mora suočiti s mnogim izazovima. Budite mudri i razboriti u svojim odlukama.

"Pa, vraćam ti Renata. Bio si u pravu što si ga poslao sa mnom. Bio je važan. Osim toga, želio bih vam zahvaliti za svu pažnju i predanost koju ste mi dali. Bez vaših učenja, ne bih pobijedio pećinu niti postao vidjelice.

"Nemoj mi još zahvaljivati. Morate se vratiti na ovo sveto mjesto kad god je potrebno. Onda ću se pojaviti i pokazati vam put. Prije svega, zapamtite: Ljubav i vjera su dvije snažne sile koje, kada se pravilno koriste, proizvode čuda. Kada ste u nedoumici ili tijekom najmračnije noći vaše duše, držite se svog Boga i ove dvije sile. Oslobodit će vas.

Rekavši to, čuvar je nestao zajedno s Renatom. Stajao sam nekoliko trenutaka razmišljajući o tome što je čuvar rekao. Najmračnija noć moje duše? Mislim da bih trebao naučiti više o tome. Zgrabio sam kofere i krenuo niz planinu. Uhvatio bih prvi auto da se vratim kući.

Kod kuće

Upravo sam se vratio s putovanja i moji rođaci me primaju sa zabavom. Moja majka izgleda zabrinuto jer je nemilosrdna u postavljanju pitanja meni. Ja odgovorim na neke, a ona postaje mirnija. Idem u svoju sobu da sklonim kofere. Opet, gledam djela koja sam čitao posljednjih godina i osjećam se još sretnije jer će uskoro moja biti među njima. Sada sam dio književnosti i osjećam se vrlo ponosno na nju. Moja pažnja odstupa i primjećujem da je moj krevet pun matematičkih knjiga. Osjećam se malo krivim što sam ih napustio na nešto više od mjesec dana. Počeo sam listati kroz njih, radeći nekoliko kalkulacija. Konačno, vraćam se matematici, drugoj strasti mog života.

Kraj